Foto: Uta Fleischer

Martine Lestrat, geboren 1959, zog mit 24 Jahren von Frankreich nach Deutschland. Ihr Studium der Sozialpädagogik finanzierte sie durch zahlreiche Jobs und ihre pädagogische Mitarbeit bei deutsch-französischen Begegnungen und Fortbildungen.
Sprache(n) und Schreiben haben sie damals. schon begeistert.
Nach ihrer Ausbildung zur Gesundheitsberaterin bot sie unter anderem Seminare an und hielt Vorträge. Später war sie wieder als Sozialpädagogin tätig und fing an, ihre Erfahrungen in Deutschland aufzuschreiben.
Die Autorin lebt seit 1999 in Schleswig-Holstein.

Mit Humor statt erhobenem Zeigefinger möchte die Autorin kulturelle Differenzen aufzeigen, Tipps für die Verständigung und ein gutes Miteinander verschiedener Kulturen geben, auf die Tücken der deutschen Sprache sowie auf Vorurteile und diskriminierendes Verhalten aufmerksam machen und um Toleranz und Akzeptanz bitten.
Lustige und nachdenklich machende Geschichten – humorvoll betrachtet und geschrieben.

Martine Lestrat

Bonjour Deutschland!

Sonderedition
Großdruck

www.elveaverlag.de
Kontakt: elvea@outlook.de

Autorin: Martine Lestrat
www.bonjour-deutschland.eu

Lektorat: Ulrike Frühwald

Covergestaltung: ELVEA
Coverfotos: Fotolia

Layout: Uwe Köhl

Projektleitung
BOOKUNIT
www.bookunit.de

Für meine P'tite Mère (1923–2015),
meine P'tite Sœur
und Mon Grand

Inhalt

Zusammen leben

Dies und Das

Vorwort

Bonjour, liebe Leserinnen und Leser!

Wie Joachim Ringelnatz im «Avant-Propos» (Vorwort) seines Buchs «Hafenkneipe» – jedoch nicht so drastisch – möchte ich Sie auf einige Besonderheiten in diesem Buch vorbereiten.

Trotz der neuen Rechtschreibung möchte ich «Du», «Ihr» sowie die entsprechenden Personalpronomen weiterhin großschreiben. Wenn ich «Deine» oder «Euch» schreibe, ist es für mich höflicher. Genauso wie «Sie» oder «Ihre». Ich verbinde damit Respekt und Würdigung meiner Ansprechpartnerinnen und Ansprechpartner. Dadurch zeige ich, wie wichtig sie mir sind.

Ich bin die französischen Guillemets (« … »), die vom Zitat wegzeigen, gewohnt. Bei den deutschen (»…«), die andersrum gesetzt werden, muss ich mich beim Lesen sehr konzentrieren, um zu wissen, was inner- oder außerhalb des Zitats steht.
Die deutschen Gänsefüßchen („…") verwirren mich noch mehr. Wenn dagegen sowohl die an- als auch abführenden Striche oben stehen ("…") ist es für mich viel deutlicher. Sehr gern hätte ich mich für diese Zeichen entschieden, denn ich benut-

ze sie privat. Leider handelt es sich dabei aber nicht um Anführungszeichen, wie mir meine Lektorin erklärte, sondern um Zollzeichen, die im Buchdruck niemals als Anführungszeichen eingesetzt werden. Schade. Was sollte ich also tun? Nun habe ich einen wunderbaren deutsch-französischen Kompromiss gefunden, den ich schon in anderen deutschen Büchern entdeckt habe: französische Guillemets («...»), allerdings ohne Leerschritt zwischen den Guillemets und dem anzuführenden Text. Also so, wie es in Deutschland üblich ist.

Die in diesem Buch gesammelten Anekdoten sind nicht chronologisch, sondern nach Themen geordnet und daher ab dem zweiten Kapitel in beliebiger Reihenfolge zu lesen.

Springen Sie doch einfach nach Lust und Laune durch die Erzählungen.

Ich wünsche Ihnen viel Freude dabei.

Martine Lestrat

Willkommen in Deutschland!

Ich will nach Deutschland

Bitte treten Sie ein!

Deutsche Umarmung

Französische Gewohnheiten ade?

Ich will nach Deutschland

Als ich 1984 an meinem damaligen Arbeitsplatz in Nordfrankreich mit Freude ankündigte, dass ich nach Deutschland zu meinem Freund umziehen werde, erwiderte mein Vorgesetzter: «Man sollte Dir eigentlich den Kopf rasieren, weil Du mit einem Deutschen schläfst. Man sieht sowieso, dass Du mit Deutschen zu tun hast. Du trägst schon Stiefeletten.»
Mir blieb die Spucke weg. Mit so einer Reaktion hatte ich wirklich nicht gerechnet.
Ein Patient – damals arbeitete ich in einem psychiatrischen Krankenhaus – sagte enttäuscht: «Ich hätte nicht

von Dir gedacht, dass Du mit einem *boche* ins Bett gehst.»

Boche, «bosch» ausgesprochen, war eine Bezeichnung für die deutschen Soldaten während der Kriege (angeblich wegen ihres Helms, französisch *caboche*). Ich antwortete: «Serge, er ist kein *boche*, sondern ein Deutscher, und der Krieg ist längst vorbei.»

Zum Glück hatte ich selten mit solchen Äußerungen zu tun. Das Thema Krieg zwischen diesen beiden Ländern ist leider immer noch präsent. Erfreulicherweise nur bei wenigen Menschen. Familienangehörige, Freunde und Bekannte fragten eher besorgt: «Kannst Du Deutsch?»

«Ähmm ... nein.»

«Hast Du schon einen neuen Arbeitsplatz?»

«Nein.»

«Und wie willst Du das machen? Wie
stellst Du Dir das vor?»

«Ach, es wird schon gehen.»

Ich bin schon immer eine Optimistin
gewesen. Noch dazu war ich verliebt.
Ich hatte meinen Freund zwei Jahre
zuvor kennengelernt und wollte sowieso seit einiger Zeit weg von zu
Hause. Also, warum nicht nach
Deutschland? Nach monatelangem
Hin- und Herfahren zwischen Frankreich und Deutschland wurde es
langsam Zeit, zu überlegen, wie es
weitergeht.

Viele hatten Bedenken. Ich nicht. Ich
hatte ein gutes Gefühl. Und ich hatte

recht: Es ging. Es ging sogar sehr gut! Es war die richtige Entscheidung. Ich bin so froh, dass ich diesen Schritt ins Unbekannte gewagt habe. Dass ich «Bonjour Deutschland!» sagen wollte.

Bitte treten Sie ein!

Sobald feststand, dass ich nach Deutschland umziehen werde, bat ich einen Bekannten, der Deutschlehrer war, mir das Wichtigste beizubringen. Der Arme! Er war völlig überfordert. Wie sollte er mir in einer Stunde das beibringen, wofür er bei seinen Schülern mehrere Jahre brauchte?

Das Einzige, was aus diesem Turbounterricht bei mir haften blieb, war «Bitte nehmen Sie Platz», «Bitte treten Sie ein» und «Großvater ist hungrig». Mitbekommen habe ich auch, dass es starke und schwache Verben gibt und, dass Substantive großgeschrieben werden. Das müsste doch reichen, um nach Deutschland zu kommen, oder?

Außerdem hatte ich im Gymnasium von einer Mitschülerin den Satz gelernt: «Ich habe meinen Weihnachtswunschzettel gemacht.» Und mein Freund, der später mein Ehemann wurde, hatte mir «Ich hätte gerne ein Doppelzimmer für eine Nacht» beigebracht. Ich war also gut gerüstet für meine Ankunft in dem neuen Land.

Um das Studium der Sozialpädagogik beginnen zu können, musste ich ein Vorpraktikum in einer sozialen Einrichtung absolvieren. Ich hatte zwar schon vorher vier Jahre in der Psychiatrie gearbeitet, leider erkannte die Fachhochschule Tätigkeiten in Frankreich nicht an. Ich musste mich also auf die Suche begeben. Eine Freundin meines Lebenspartners hatte einen Onkel, der Leiter einer solchen Einrichtung war. Wunderbar! Als wir zum Vorstellungsgespräch an der Tür klingelten, machte dieser sehr freundliche Mann auf und begrüßte uns mit einem «Bitte treten Sie ein!». Er führte uns ins Wohnzimmer und meinte dann: «Bitte nehmen Sie Platz!»

Unglaublich! Er benutzte tatsächlich diese beiden mir bekannten Formulierungen. Ich musste mir fast auf die Zunge beißen, um nicht loszuprusten. Da hörte ich plötzlich das schallende Lachen meines Freundes.

Unser Gastgeber schaute etwas irritiert. Mein Freund erklärte ihm: «Bisher konnte Martine folgen. Ab jetzt wird sie aber gar nichts mehr verstehen.»

Leider wurde nichts aus dieser Bewerbung, denn es handelte sich um eine Einrichtung für schwerhörige Kinder. Voraussetzung für eine Mitarbeit war eine sehr deutliche Aussprache.

Und da, gebe ich zu, musste ich leider passen.

Deutsche Umarmung

Ein paar Wochen nach Studiums-
beginn traf ich mich nachmittags im
Zentrum von Hannover mit einer
Kommilitonin. Als wir uns einige
Stunden später voneinander verab-
schiedeten, wollte mich Susanne
freundlich umarmen.

Ich weiß bis heute nicht, wie es passierte, aber innerhalb von zwei bis
drei Sekunden befand ich mich circa
zehn Meter von ihr entfernt. Voller
Panik. Was war denn los? Erst später
wurde es mir klar. Es war mir einfach
zu viel gewesen. Zu viel Nähe. Ich
war nicht daran gewöhnt.

Zunächst musste ich also eine Lösung finden, um mit dieser neuen Situation umzugehen, denn wenn ich in den folgenden Wochen auf Feten war oder an Seminaren teilnahm, hatte ich immer Angst vor dem Abschied. Kurz vor Schluss begann ich mich schon unwohl zu fühlen.

Ich entwickelte deshalb unterschiedliche Strategien, um mich nicht persönlich verabschieden zu müssen:

Früher gehen, gaaanz diskret ...

Von Weitem der ganzen Gruppe zuwinken ...

Etwas tragen, am besten etwas Großes. Klar.

Demonstrativ die Hand ausstrecken.

Und so weiter und so fort. Ich wurde immer einfallsreicher.

Als ich es endlich wagte, mit Bekannten darüber zu reden, reagierten sie etwas irritiert. Vor allem überrascht. Sie konnten nicht verstehen, wieso es mir unangenehm war. Die Franzosen sind doch so herzlich, so nah. Sie küssen sich sogar. Ja, stimmt. Sie küssen sich. Aber WIE küssen sie sich? Wenn wir Liebespaare und andere Ausnahmen mal außen vor lassen und die Mehrheit meiner Landsleute beim Begrüßen oder Verabschieden beobachten, stellen wir Folgendes fest:

Es sieht so aus, als würden sie sich küssen. Es hört sich manchmal sogar so an, als würden sie sich küssen. Aber ... nein, nein. Sie küssen sich nicht. Die Köpfe sind so raffiniert nach außen gedreht, dass höchstens die Wangen Kontakt haben. Und die Leute küssen … die Luft. Ja, wirklich! Schauen Sie nächstes Mal genau hin.

Nach einigen Monaten in Deutschland hatte ich mich nicht nur an das Umarmen gewöhnt, sondern es richtig lieb gewonnen. Inzwischen mag ich es auch, meine Freunde und Freundinnen richtig schön in die Arme zu nehmen und zu drücken.
Was für ein wundervolles Gefühl!
Aber ich mache es nur, wenn ich es wirklich möchte. Das Gefühl muss für mich echt sein. Ich kann und möchte nicht alle Welt einfach so drücken. Es muss schon stimmig sein.

Als ich mit meinem neu erworbenen Begrüßungs- und Abschiedsritual zu Besuch nach Frankreich kam, musste ich aufmerksam sein. Denn meine Schwester, meine Mutter und meine Freundin hatten dieselben Schwierigkeiten wie ich damals bei meiner Kommilitonin. Als ich sie sofort umarmte, sprangen sie zwar nicht zur Seite, das nicht, sie wurden allerdings merklich steifer.

Wenn ich meine Mutter zur Begrüßung küsste, machte ich es also zuerst auf die französische Art: Küsschen links, Küsschen rechts. Nach ein paar Minuten war ich allerdings etwas frustriert. Ich hatte den Eindruck, meine Mutter nicht wirklich liebevoll begrüßt zu haben. Es fehlte mir was …

Ja! Mir fehlte die deutsche Herzlichkeit, an die ich mich inzwischen gewöhnt hatte.

Wir haben mittlerweile einen Weg gefunden. Ich begrüße die Damen erst mal, wie sie es erwarten und falls es mir doch nicht reicht, frage ich einfach: «Darf ich Dich drücken?» Dann sind sie vorbereitet, wissen, was auf sie zukommt, und es ist wun-der-schön!!!

Seit einiger Zeit kann ich meine Schwester und meine Mutter manchmal sogar ohne Vorwarnung in meine Arme schließen. Denn inzwischen haben sie sie nämlich auch kennen- und schätzen gelernt, die deutsche Umarmung.

Französische Gewohn-
heiten ade?

Ich war froh, endlich in Deutschland zu sein. Bald merkte ich allerdings, dass ich meine französischen Gewohnheiten nicht so schnell aufgeben konnte. Sehr gut kann ich mich an meinen ersten Winter in Hannover erinnern. Ich hatte so kalte Füße! Nur weil ich unbedingt meine französischen Schuhe weiter tragen wollte. Damals besaß ich noch kein Auto und war mit dem Fahrrad oder mit Bus und Straßenbahn unterwegs. Ich weiß noch, wie ich an der Haltestelle wartete: Mir war so kalt! Vor allem meine armen Füße! Ich klopfte sie gegeneinander, trat immer wieder auf der Stelle, um sie aufzuwärmen. Nichtsdestotrotz blieben sie kalt. Meine Schuhe der Marke «Arche» sahen zwar chic aus, aber ihre dünnen Sohlen waren wirklich nicht für das norddeutsche Wetter geeignet. Nach Anweisungen einiger Bekannten versuchte ich es mit Einlegesohlen aus Zeitungspapierschichten oder Schafwolle, mit und ohne Alu. Nichts half. Meine Füße blieben kalt. Erst im dritten Winter entschied ich mich doch, deutsche Schuhe zu kaufen. Schön warm waren sie, richtig kuschelig. Aber – was für ein Schock! – mit solchen dicken Sohlen! Ich fand sie so unästhetisch. Aber ich musste mich dran gewöhnen, denn frieren wollte ich definitiv nicht mehr!

Ähnlich lang brauchte ich für die Anpassung meines Terminkalenders. Semesterlang bevorzugte ich eine französische Ausführung. Ich fand es praktisch, die Namenstage zu wissen, um meinen Familienmitgliedern und Freundinnen pünktlich gratulieren zu können. Außerdem war es auch nützlich, eine französische Landkarte bei mir zu haben. Die Leute konnten mir zeigen, wo sie schon im Urlaub waren oder wo sie noch hinwollten. Und ich, woher ich komme. Leider standen in diesen Kalendern die französischen Feiertage, nicht die deutschen. Und dies war gar nicht praktisch! Nachdem ich einige Male die evangelische Fachhochschule an katholischen Feiertagen geschwänzt und am Buß- und Bettag vor verschlossenen Türen gestanden hatte, sah ich ein, dass ein deutscher Terminplaner wahrscheinlich sinnvoller wäre.

Auch im Restaurant war es am Anfang nicht ganz einfach für mich: Wenn wir essen gingen, brauchte ich, weil ich es von zu Hause gewöhnt war, Wasser und etwas Brot zu den Gerichten. Es hat seine Zeit gedauert, bis ich mir gemerkt hatte, dass ich ausdrücklich ein Mineralwasser ohne Kohlensäure bestellen musste. Das Wort «Kohlensäure» war nicht gerade leicht. Ich konnte es mir nicht merken. Wie die meisten Ausländer nutze ich deshalb die Formulierung «ohne Gas». Aber wie gesagt, es passierte nicht automatisch. Ich musste etliche sprudelnde Gläser stehen lassen, bis ich es endlich draufhatte.

Noch heute bevorzuge ich Leitungswasser. Nichts ist erfrischender und löscht den Durst besser als stilles Wasser, finde ich. Und als Französin wurde mir von klein auf erklärt, dass Leitungswasser täglich kontrolliert wird und deshalb sicherer als Mineralwasser in Flaschen ist. Wieso wussten das die Deutschen nicht?

Noch verwirrender war es, wenn ich die Bedienung fragte, ob ich etwas Brot bekommen könne. Oft bekam ich als Antwort: «Wieso? Sie haben doch Kartoffeln!» Oder Nudeln, oder Reis. Je nachdem welches Gericht ich gerade bestellt hatte. Na und? Was hat es bitte schön damit zu tun? Mir fehlte wirklich was, wenn ich zum Essen kein Brot bekam. Egal ob Vorspeise, Hauptgericht, Salat, oder Käse, in Frankreich wird immer Baguette dazu gegessen. Nur zum Nachtisch nicht, klar!

Jetzt habe ich nur noch selten das Bedürfnis, Brot zu einer Hauptspeise zu verzehren. Außer wenn ich in Frankreich bin, dann ist es schon nach ein paar Tagen wieder da.

Nein, es war nicht einfach für mich, meine französischen Angewohnheiten aufzugeben. Inzwischen geht es, denn ich habe neue angenommen, nämlich deutsche. Aber das ist eine andere Geschichte.

Deutsche Sprache, schwere Sprache?

Ostberlin

In den Achtzigerjahren, ich weiß nicht mehr, ob ich damals schon in Deutschland lebte oder nur zu Besuch kam, machten wir einen Tagesausflug nach Ostberlin. Damals war ich der deutschen Sprache noch nicht mächtig. An der innerdeutschen Grenze wurde ich von meinem Freund getrennt und musste allein mit einer DDR-Grenzkontrolleurin in eine Kabine. Die Frau fragte mich irgendetwas. Ich antwortete höflich, ein bisschen stolz sogar, mit meinem eingeübten Satz: «Es tut mir leid, aber ich verstehe nicht.» Die Mitarbeiterin wurde etwas lauter. Ich wiederholte – immer noch mit einem Lächeln: «Es tut mir leid, aber ich verstehe nicht.» Es erbrachte nicht die erhoffte Reaktion. Im Gegenteil. Die Dame fühlte sich wahrscheinlich von mir auf den Arm genommen. Wie gesagt, ich konnte diesen Satz ziemlich flüssig rüberbringen, denn ich hatte ja fleißig geübt. Sie wurde wütend und sagte: «...»

Na ja, was sie mir genau sagte, weiß ich bis heute immer noch nicht, da ich kein einziges Wort verstanden habe.

Auf jeden Fall durchsuchte sie mich, durchwühlte meinen Rucksack und ließ mich anschließend gehen. Als ich die Kontrollkabine verließ, traf ich meinen Freund wieder, der mich etwas besorgt ansah, weil ich vor Angst und Aufregung nur noch zitterte.

Seit diesem Tag kann ich Leuten, die der deutschen Sprache nicht mächtig sind, nur empfehlen: Sagen Sie in solchen Fällen lieber: «Ich nix verstehen.» Ich denke, das ist glaubwürdiger.

Deutsch in Deutschland lernen

Auch wenn es paradox klingt: In Deutschland Deutsch zu lernen ist nicht immer einfach. Vor allem als Nullanfängerin.
Viele Deutsche sind sprachbegabt. Viele sind sogar zwei- oder drei- sprachig. Was sich leider nicht un- bedingt als hilfreich entpuppt, wenn wir – Menschen aus einem fremden Land – Deutsch lernen möchten. Die Sprachbegabten, mit denen ich zu tun hatte – ich denke, es gibt sicherlich auch andere –, zogen es nämlich vor, sich mit mir auf Fran-

zösisch oder Englisch zu unterhalten, statt sich deutlich und langsam in ihrer Muttersprache zu bemühen. Klar! Es war – kurzfristig gesehen – effizienter. Vor allem bereitete es ihnen mehr Spaß. Ich aber wollte Deutsch lernen, musste es sogar. Denn eine der Bedingungen, zum Studium zugelassen zu werden, war das Zertifikat «Deutsch als Fremdsprache» vorweisen zu können. Immer wieder musste ich meine Gesprächspartner darum bitten, etwas Geduld mit mir zu haben. Sich Zeit zu nehmen. Vor allem am Anfang, denn irgendwann wurde es leichter, sich mit mir zu unterhalten. Leider waren die wenigsten dazu bereit. Ich fand es schade und etwas merkwürdig. Könnte der Grund dafür sein, dass sie es als reizvoller empfanden, sich in einer anderen Sprache zu unterhalten oder gar damit zu prahlen? Ich weiß es nicht. Aber hilfreich war es definitiv nicht.

Mit deutschen Kindern zu sprechen oder Kinderbücher zu lesen war hingegen wunderbar! Ich kann es nur weiterempfehlen. Ich kann mich erinnern, wie ich gelacht habe, als ich zum ersten Mal einen auf Deutsch geschriebenen Witz verstand. Natürlich war es ein Witz für Kinder. Na und? Nichtsdestotrotz war ich froh und stolz. Na ja, das Niveau meines Intellekts hatte sich angepasst. Immerhin konnte ich mich über diese Erfolgserlebnisse freuen, was wiederum meine Motivation förderte. Pädagogisch und didaktisch gesehen war diese Erfahrung sehr wertvoll.

Nun wollte ich noch eine Möglichkeit finden, um langsam das «Erwachsenenniveau» zu erreichen. Wie wäre es mit einem Kurs bei der Volkshochschule? Zum Glück bot gerade die VHS Hannover einen Kurs an. Für Nullanfänger sogar. Wunderbar! Passt genau. Dachte ich …
Haben Sie schon mal an so einem Kurs teilgenommen? Logischerweise waren alle Anwesenden – außer dem Lehrer – aus dem Ausland. Aus der ganzen Welt.
Alle mit ihren unterschiedlichen Akzenten. Und was für Akzente! Ganz

schön ausgeprägt waren diese. Schon bei der Begrüßungsrunde stellte ich fest, dass ich kein einziges Wort verstand. Nur wenn der Lehrer als Muttersprachler sich äußerte. So eine deutliche Aussprache! Da war alles sonnenklar. Aber sobald wir Teilnehmende wieder dran waren, war es mit der Verständlichkeit vorbei. Der VHS-Kurs war also auch keine Lösung für mich.

Ich möchte die Volkshochschule nicht schlechtmachen. Im Gegenteil, ich habe sogar sehr gute Erfahrungen mit ihr gemacht. Später nämlich, als mein Deutsch etwas besser wurde. Bei einem Grammatik- und Rechtschreibkurs. Ich habe dabei so viel gelernt.

Schon als Kind entwickelte ich dank einer sehr engagierten französischen Grundschullehrerin eine Vorliebe für Grammatik. Seitdem ist Grammatik für mich wie ein Spiel, und ich will alles verstehen, alles wissen. Dieser Kurs für Fortgeschrittene war genau das Richtige für mich. Er hat mich nicht nur weitergebracht, er hat mir auch sehr viel Freude bereitet. Leider nicht meiner Mitbewohnerin.

Als sie eines Abends zu mir sagte: «Ich habe es gelesen gehabt», dachte ich, «gelesen» UND «gehabt»? Nanu, ist da nicht ein Partizip zu viel? Ihre kurze und klare Antwort: «Wer ist hier die Deutsche?»

Beim folgenden VHS-Abend erkundigte ich mich bei unserer Lehrerin:

Sie erklärte mir, dass dies ein üblicher Fehler im Raum Hannover sei. Dort spreche man zwar Hochdeutsch und verfüge über eine sehr gute Aussprache, manchmal sei allerdings die Grammatik nicht so genau. Inzwischen habe ich diese Formulierung auch in anderen Regionen gehört und überraschenderweise in Büchern mehrmals entdeckt.

An den folgenden Tagen, wenn ich wieder Fragen zur Grammatik stellte («Größer WIE? Sagt man nicht größer ALS?» «WIE ich in Frankreich war … Heißt es nicht: ALS ich in Frankreich war?» usw.), bekam ich prompt die immer gleiche Antwort:

«Frag Deine Lehrerin!»

Das tat ich auch …

Nicht sehr förderlich für eine positive Entwicklung des Spracherwerbs ist dagegen, wenn der eigene Partner die Fehler absichtlich nicht verbessert, nur weil «es so süß klingt». Erstens: Süß klingt es vielleicht am Anfang, irgendwann aber, wenn die Verliebtheitsphase vorbei ist, nervt es eher. Zweitens: Wenn wir fremdsprachige Menschen, unsere Meinung bekunden und dabei ernst genommen werden möchten, jedoch als Kommentar ein «Oh! Ich finde es sooo süß, wie Sie sich ausdrücken» ernten, dann ist das erwünschte Ziel nicht erreicht. Es wurde sogar völlig verfehlt.

Nun zurück zu den Anfängen, zu meinen ersten Monaten in Deutschland: Zum Glück bekam ich eine Praktikumsstelle in einer Kindertagesstätte. Besser hätte ich es nicht treffen können. Kinder sind nämlich die besten Lehrer, die man sich vorstellen kann, wenn es darum geht, eine Sprache zu erlernen. Sie bilden kurze und einfache Sätze und verfügen über eine sagenhafte Geduld. Bewundernswert!

Im Gegensatz zu meinen erwachsenen Kolleginnen, die lieber mit mir Englisch sprachen, wenn ich etwas nicht sofort verstand, oder meinten: «Ach, es ist nicht so wichtig», wurden die Kinder nie müde zu wiederholen.

«Hast Du jetzt verstanden? Nein? Also, noch einmal ...»

Manchmal wurden es sogar zwei, drei, vier Male! Bis alles klar war. Oder auch nicht. Manchmal erklärte ich ihnen, dass ich es – trotz ihrer zahlreichen Wiederholungen – nicht verstehen konnte, weil ich dieses oder jenes Wort nicht kannte. Kein Problem. Es wurde also nicht mehr wiederholt, sondern anders erklärt. So einfach war das.

Bald hatte ich immer ein kleines gelbes Langenscheidt-Wörterbuch bei mir. Es passte wunderbar in meine Hosentasche und war sehr praktisch und hilfreich. Nach dem Klang der Wörter schlug ich im Lexikon nach und fand die entsprechende Übersetzung.

Für einige Kinder hatte dieses Büchlein etwas Magisches. Etwas Unvorstellbares. Sie konnten nicht verstehen, wie es funktionierte. Ich nannte ihnen ein paar Beispiele («Tisch» heißt auf Französisch *table*). Prompt kam fast immer die Frage: «Und wie heiße ich auf Französisch?»

Irgendwann stellte ich fest, dass der Inhalt des Gesagten nicht immer dem Ton entsprach, in dem es geäußert wurde. An einem Vormittag in der «Bauecke» bekam ich mit, wie ein Kind vor meinen Augen (und Ohren) seinem Spielkamerad mit zuckersüßer Stimme mitteilte, dass das, was er eben gebaut hatte, Mist sei. Der Spielkamerad sah mich traurig und gleichzeitig unsicher an. Er traute sich nicht, sich zu wehren. Da mir nicht ganz klar war, ob ich die Situation richtig eingeschätzt hatte, fragte ich nach. Die Reaktion kam sehr schnell, allerdings etwas anders, als ich erwartet hatte: «Scheiße! Jetzt versteht sie.», erwiderte das Kind. Ich weiß nicht, was sie sonst immer zueinander gesagt haben, wenn ich anwesend war, aber von diesem Tag an waren sie viiiel vorsichtiger mit ihren Äußerungen.

Was mir hingegen noch erhebliche Schwierigkeiten bereitete, war, wenn ein Kind weinend zu mir kam. Wenn ich merkte, dass ich wirklich keine Chance hatte, irgendetwas zu verstehen, sagte ich einfach: «Komm, wir gehen zu Frau Fischer. Ich kann dich leider nicht gut verstehen, wenn du weinst.» Dann gingen wir Hand in Hand zu der Erzieherin, die das Kind entsprechend betreuen konnte. Dies war aber nicht immer notwendig, denn ab und zu hörten die Kinder plötzlich auf zu weinen und schilderten mir ganz ruhig und deutlich, was eben geschehen war: Zum Beispiel, dass Florian getreten oder dies und das gesagt habe. Doch sobald sie merkten, dass ich verstanden hatte, fingen sie wieder an zu weinen. Aber da ich nun wusste, was passiert war, konnte ich sie trösten und beruhigen. Beachtlich effektiv!

Ich bin diesen Kindern äußerst dankbar und denke heute noch sehr gerne an diese Zeit. Kinder sind außerdem sehr stolz, wenn sie die Möglichkeit haben, Erwachsenen etwas beizubringen. Endlich waren die Rollen getauscht: Sie waren nicht mehr die kleinen Unwissenden, nein, sie waren Lehrer oder Lehrerin einer erwachsenen Frau! Das war etwas Neues für sie, und sie fanden es klasse. Sowohl sie als auch ich haben diese Situation richtig genossen.

Dank der Kinder dieses Kindergartens und nicht der sprachbegabten deutschen Erwachsenen, mit denen ich zu tun hatte, konnte ich – mit dem Zertifikat «Deutsch als Fremdsprache» in der Tasche – endlich mit dem Studieren beginnen.

Merci, Kinder!

Jobs im Studium

Als ich nach Deutschland kam, wollte ich studieren. Da ich keinen Anspruch auf BAföG oder ein Stipendium hatte, war klar, dass ich nebenbei arbeiten musste. Das war oftmals anstrengend, aber ich möchte diese Erfahrungen nicht missen, denn ich durfte dabei zahlreiche wertvolle Erkenntnisse sammeln. Meine verschiedenen Jobs waren nicht nur kostenlose Sprachkurse, sondern auch eine unerschöpfliche Quelle menschlicher Verhaltensweisen, die ich mit Vergnügen studierte.

Meinen ersten Job bekam ich in einem französischen Restaurant, das über einen sehr guten Ruf verfügte. Ich sprach damals kaum Deutsch und arbeitete als Bedienung. Bald stellte ich allerdings fest, dass ich in diesem Lokal die Einzige war, die tatsächlich aus Frankreich kam. Das Team bestand ansonsten aus Leuten aus Tunesien, Algerien und Deutschland.

Durch meinen französischen Akzent kam ich bei den Kunden (und beim Chef) gut an. Ich verbreitete in dem Lokal etwas französisches Flair und bekam viel Trinkgeld, das ich in einen Topf steckte, denn es wurde am Abend mit dem ganzen Team geteilt. Ich fand es gerecht. Doch der

Job war die reinste Ausbeutung. Für meine Arbeitszeit von 17 Uhr bis in der Regel 1 Uhr nachts – also circa acht Stunden – bekam ich ... dreißig Mark. Nein, ich habe mich nicht geirrt und meine auch nicht Euro, sondern tatsächlich Deutsche Mark! Das war auch im Jahr 1985 sehr wenig. Mindestlohn war damals noch kein Thema.

Mein Chef gab sich gerne großzügig. Er war ja sehr nett, übernahm er doch die Taxikosten für meine nächtliche Heimfahrt, da es im Dunkeln gefährlich werden könnte. Nur ... das Taxigeld nahm er aus dem Trinkgeldbecher! Ich habe nur ein paar Wochen dort gearbeitet.

Eine ältere Nachbarin fragte mich, ob ich bereit wäre, ihr circa zweimal pro Monat im Haushalt zu helfen. Gerne! Allerdings bestand die Hilfe darin, den Herd sowie andere schwere Geräte hin- und herzuschieben und dahinter die Böden und Wände zu wischen beziehungsweise richtig zu schrubben. Außerdem musste ich mich vor ihren Mann, der im Sessel saß, hinknien und die Fransen des Teppichs kämmen oder den Teppich sauber reiben. Es war unangenehm, irgendwie erniedrigend, so in An-wesenheit des Mannes und zu seinen Füßen sauber machen zu müssen. Die Dame war ganz lieb. Immer wieder betonte sie, dass ich sehr tüchtig sei, und gab mir zehn Mark pro Stunde. Das war schon ein höherer Stundenlohn als im Restaurant. Als sie allerdings meinen Freund bat, eine Glühbirne zu wechseln, bekam er für die paar Minuten zwanzig Mark. Es war ihm so peinlich! Wir fanden es unfair. Und deshalb suchte ich mir etwas anderes …

Mein dritter Job war in einem Kiosk und auch nur von kurzer Dauer. Wenn Kunden eine Schnapsflasche kaufen wollten, fragte ich: «Eine kleine?» Dies trug natürlich nicht wirklich zur Steigerung des Umsatzes bei. Mein Chef empfahl mir «Eine große?» vorzuschlagen. Das konnte ich aber nicht. Ich wollte ja Sozialpädagogin werden und konnte doch nicht die Menschen manipulieren und sie zu mehr Alkoholkonsum ermuntern. Nein, es war nicht vereinbar. Ich bekam es nicht über die Lippen. Nach drei Tagen riet mir mein Chef freundlich, vielleicht eine andere Arbeit zu suchen. Das konnte ich sehr gut nachvollziehen.

Als Nächstes nähte ich Jonglierbälle aus bunten Stoffen für einen Laden. Für einen fertigen Ball bekam ich zwei Mark fünfzig. Wenn ich mir etwas kaufen wollte oder eine Rechnung zu begleichen hatte, rechnete ich in Bällen: Dafür muss ich soundso viele Bälle anfertigen. Praktisch! Freundinnen halfen mir ab und zu. Wir saßen am Nachmittag – manchmal bis zum Abend – gemeinsam am Tisch und füllten beim Klönen die Bälle mit Milchreis.

Es müssen mehr als tausend Jonglierbälle gewesen sein, die ich während meiner Studienzeit genäht und gefüllt habe. Die Schablone, die ich extra dafür angefertigt hatte, besitze ich immer noch. Es war schon ein guter Job!

Als mein Deutsch etwas besser geworden war, überlegte ich, Französisch-Nachhilfe für Schüler anzubieten. Den Wortlaut meiner ersten Anzeige werde ich nie vergessen. Da ich nicht so viel Geld dafür zur Verfügung hatte, fasste ich mich kurz: «Französin erteilt Französisch.»

Wahrscheinlich schmunzeln Sie schon und können sich vorstellen, welche Art Anrufe ich bekam. Da ich aber damals kaum verstehen konnte, was die Anrufer meinten – zum Beispiel mit Äußerungen wie «Ich liebe Französisch, nur mit der Sprache hapert es» –, fragte ich nach, um herauszufinden, was sie sich genau wünschten. Oje! Damit hatte ich wirklich nicht gerechnet. Es dauerte etwas, bis ich verstand, WAS meine Gesprächspartner sich wünschten. Und diesen besonderen Wunsch wollte ich ihnen definitiv nicht erfüllen! Ich war so irritiert, dass ich mich nach mehreren solchen Anrufen nicht mehr traute, ans Telefon zu gehen. Mein Mitbewohner übernahm es.

Danke, Bernd.

Ein Schüler stellte bei der ersten Nachhilfestunde klar: «Von mir aus können Sie Deutsch mit mir sprechen. Ich habe keinen Bock auf Französisch. Ich bin nur hier, weil meine Mutter mich dazu gezwungen hat.»

Mehrfach wünschten sich ältere Damen französische Konversation in Einzelstunden. In der Regel konnten sie sich genauso gut ausdrücken wie ich. Sprachlich gesehen hatten sie die Stunden nicht nötig. Eher seelisch. Sie wollten etwas gegen die Langweile oder ihre Frustration, die sie daheim spürten, unternehmen, was legitim und sehr sinnvoll war. Sie waren wohlhabend und konnten sich mein wöchentliches Kommen leisten.

Nur, sie waren unzufrieden mit ihrem Leben und erzählten, erzählten, erzählten. Sehr selten wollten sie etwas über mich, meine Familie oder über mein Studium erfahren, aber meine Antworten interessierten sie nicht wirklich. Deshalb hörten sie nicht richtig zu und stellten einige Zeit später genau dieselben Fragen wieder.

Eine der Frauen äußerte den Wunsch, ein paar Tage in Frankreich zu verbringen. Eine andere wollte einen Kurs dort besuchen. Beiden baten mich um Unterstützung bei der Planung. Als alles mehr oder weniger organisiert war, machten sie einen Rückzieher. Die erste konnte sich doch nicht vorstellen, allein nach

Frankreich zu fahren. Die andere wollte ihren Mann nicht allein lassen. «Das kann ich ihm doch nicht antun!», war ihre Begründung. Die Konversationsstunden entwickelten sich nach einiger Zeit zu Einzeltherapiesitzungen. Es war zwar eine gute Vorbereitung für mein Studium, aber ich war dafür noch nicht qualifiziert. Ich gab die Konversationsstunden also bald auf.

Parallel dazu schrieb ich meine erste Hausarbeit über die Erziehung der Kinder in israelischen Kibbuzen. Da mein Deutsch noch nicht ausreichte, um deutsche Fachbücher zu verstehen, besorgte ich mir die Literatur auf Französisch und Deutsch. Zuerst las ich auf Französisch. Wenn ich auf etwas Interessantes stieß, suchte ich die entsprechende Stelle im deutschen Buch heraus und schrieb sie ab. Ich notierte darunter eine kleine Zusammenfassung auf Französisch, denn ich wusste am folgenden Tag nicht mehr genau, was sich hinter den deutschen Wörtern verbarg. Nachher formulierte ich mühsam aus mehreren Büchersätzen meine eigenen Sätze und bat meinen Freund, die Fehler zu korrigieren.

Irgendwann verbesserten sich zum Glück meine Sprachkenntnisse. Je besser mein Deutsch wurde, desto höher wurde mein Stundensatz. Ich kann Migrantinnen und Migranten nur empfehlen, die Sprache des

Landes zu erlernen. Es lohnt sich! Dadurch erweitert sich die Auswahlpalette der Jobangebote erheblich. Inzwischen konnte ich Französischsprachkurse an der Fachhochschule anbieten oder auf der Hannover Messe dolmetschen. Später habe ich noch häufig auf der Hannover Messe gearbeitet, allerdings bin ich lieber Bus gefahren. Als Fahrerin. Es war lustiger, abwechslungsreicher und wurde noch dazu besser bezahlt.

Die größte Herausforderung bei diesem Job waren für mich als Französin die Mittagspausen. Sie waren so kurz! Ich habe es bis zum Schluss nie geschafft, in nur dreißig Minuten zu essen. Ich habe es versucht und geriet außer Atem vom schnellen

Schlucken. Nein! Es ging nicht. Ich bin Französin. Ich kann nicht schnell essen. Und ehrlich gesagt, ich möchte es auch nicht wirklich. Deshalb nahm ich hin und wieder den Nachtisch mit in den Bus.

Heute noch bin ich oft als Letzte mit dem Essen fertig. Bis jetzt habe ich nur einmal eine deutsche Kollegin erlebt, die langsamer gegessen hat als ich. Wir haben oft und gerne unsere Mittagspause zusammen verbracht.

Bei einer Speditionsfirma war ich anderthalb Jahre als Datentypistin tätig. Ich musste nur Daten in den PC eingeben und den Fahrern die ausgefüllten Formulare aushändigen.

Als ich erfuhr, dass eine Stelle als LKW-Fahrer frei wurde, bewarb ich mich mündlich beim Chef – eher aus Witz. Ich wollte nur sehen, wie er reagieren würde. Er war etwas irritiert, wollte es aber nicht zugeben und suchte daher nach Argumenten: Es wäre für mich zu schwer, diese langen LKWs zu fahren und zu rangieren. Und bestimmt viel zu anstrengend, die Ware ein- und auszuladen. Na ja, ich besaß aber einen gültigen LKW-Führerschein, und wie die Fahrer ihm erklärten, war die Technik in der Kabine inzwischen so gut, dass es fast ein Kinderspiel war, damit umzugehen. Die anwesenden Fahrer hatten sichtlich ihren Spaß daran, die Argumente ihres Vorgesetzten eines nach dem anderen zu widerlegen. Irgendwann gab er zu: Er konnte es sich nicht vorstellen, eine Frau als Fahrerin in seiner Firma einzustellen.

Ähnliches hatte ich als Busfahrerin auf der Messe erlebt. Nicht selten hörte ich Kommentare wie «So eine kleine Frau in so einem großen Bus. Ist das nicht zu schwer für Sie?» «Doch! Deswegen bin ich froh, dass Sie da sind.», erwiderte ich in solchen Fällen.

Manche Männer meinen, dass Frauen unfähig wären, mit Kupplung, Gangschaltung und Rückspiegel umzugehen.

Während der Semesterferien begleitete ich außerdem deutsch-französische Begegnungen: zuerst als Betreuerin, bald als Leiterin von Jugendfreizeiten und irgendwann im
Organisationsteam von Seminaren
und Fortbildungen über Sprachanimation und deutsch-französische
Jugendarbeit. Es war eine interessante und abwechslungsreiche Ein-
nahmequelle.

Inzwischen war mein Studium fast
beendet, und ich schrieb an meiner
Diplomarbeit, die – wer hätte es gedacht – ein deutsch-französisches
Thema hatte.

Dank dieser vielseitigen Jobs konnte
ich nicht nur mein Studium finanzie-

ren, auch mein Wortschatz erweiterte sich beträchtlich. Bei jedem neuen Job stellte ich in den ersten Tagen Fragen über Fragen. Nicht nur zum Ablauf der mir zugeteilten Aufgaben, sondern auch wegen der neuen Wörter, die ich mir aneignen musste. Denn auch wenn sich mein Deutsch insgesamt schon verbessert hatte: Ich beherrschte nur das Vokabular aus den jeweiligen Bereichen, mit denen ich mich bislang beschäftigt hatte. Alles andere war Neuland für mich.

Ich war damals und bin heute immer noch dankbar für jede neue Erfahrung, denn dadurch habe ich das Glück, weiter lernen zu dürfen.

Die Tücken der deutschen Sprache

Manchmal ist die deutsche Sprache ganz schön verwirrend. Für nicht Muttersprachler ist nicht immer klar, was tatsächlich gemeint ist. Nach meinem zweiten Umzug innerhalb von Hannover, wohnte ich zweieinhalb Jahre in einer Wohngemeinschaft in der Südstadt. Eine Mitbewohnerin, Doris, war etwas kräftig gebaut. Eines Nachmittags gingen wir gemeinsam mit meiner Freundin Karin am Maschsee spazieren. Als wir an einem Kiosk vorbeigingen, überlegten wir, ob wir noch ein paar

Süßigkeiten kaufen sollten. Karin schaute auf unseren «Vorrat» und meinte zu Doris: «Och, das reicht dicke!» Doris ging trotzdem zum Kiosk, um eine Tüte Lakritzkatzen zu holen. Als sie außer Hörweite war, fragte ich Karin entsetzt: «Wieso hast Du Doris ‹Dicke› genannt? Das war nicht sehr nett, finde ich.» Karin fiel aus allen Wolken, sie konnte nicht verstehen, was ich damit meinte. «Du hast eben ‹Das reicht, Dicke!› zu Doris gesagt», erklärte ich ihr. Da fing Karin an zu lachen, und erzählte einige Minuten später Doris die Geschichte, die selber auch anfing zu lachen.

Ich verstand die Welt nicht mehr. Was war denn los? Tja! Kurze Zeit später wurde ich aufgeklärt: «Es reicht dicke» bedeutet nämlich etwas ganz anderes als «Es reicht, Dicke!». Ähnlich verwirrt war ich auch immer dann, wenn ich aufgefordert wurde: «Warten Sie ruhig hier.» Wieso ruhig? Was hatte ich denn gemacht? Inzwischen weiß ich, dass dies nichts mir meiner lebhaften Art zu tun hat. Etwas gemeiner fand ich, als mein Schwiegervater, ein sehr lieber Mann, kurz bevor wir in den Zug stiegen, sich von uns gerne mit einem «Na, Martine? Du verstehst nur Bahnhof, oder?» verabschiedete. Es hat schon ein bisschen gedauert, bis ich nicht mehr stolz erwiderte: «Ja! ‹Bahnhof› kann ich verstehen.» Dabei hat mein Schwiegervater jedes Mal sehr gelacht. Auf meine Kosten zwar, aber er war ein so liebenswerter Mann, dass ich ihm heute noch nicht böse sein kann.

Immer wieder begegneten mir neue Redewendungen, mit denen ich nicht sofort klarkam. Können Sie sich zum Beispiel vorstellen, wie es bei uns nicht Muttersprachlern ankommt, wenn sich jemand in einem Raum mit einem kurzen «Es zieht!» beschwert? Da ich nicht ständig nachfragen wollte, schaute ich mich erst mal schweigend um: Wer zieht? Was zieht? Und vor allem WAS wird gezogen?

Ich kannte schon er-ziehen – als zukünftige Sozialpädagogin, klar. Ein-, aus- und umziehen waren mir durch meine zahlreichen Wohnungswechsel auch schon ein Begriff. Aber «es zieht» war für mich eine echte Herausforderung! Es hat schon seine Zeit gebraucht, bis ich verstanden hatte, was damit gemeint war.

Bald hatte ich das erste Semester an der Fachhochschule tapfer hinter mich gebracht. Im Anschluss meldete ich mich für ein Selbsterfahrungsseminar während der Blockwoche an. Da meine deutschen Sprachkenntnisse sich inzwischen etwas verbessert hatten, wagte ich, mich dann und wann bei den Vorlesungen zu melden, wenn etwas unklar war. Der Dozent betonte gerade, wie wichtig es sei, dass «Sie Ihre Gefühle zulassen». Ich war absolut nicht damit einverstanden und rief: «Nein! Nicht zu lassen! Offen lassen! Es ist wichtig! Es muss raus!» Der Dozent lächelte, gratulierte mir zu meiner Aufmerksamkeit und meinem mutigen Einsatz und erklärte mir den Unterschied zwischen «zulassen» und «zu lassen».

Ja, die deutsche Sprache hat schon ihre Tücken.

Drei Phasen

Haben Sie schon das Glück gehabt, in ein fremdes Land zu gehen, dessen Sprache Sie nicht beherrschen, und sie erst dort zu erlernen? Ich kann es nur empfehlen! Ich fand es sehr spannend und erinnere mich gerne an die drei Hauptphasen dieser einzigartigen Erfahrung.

In «Phase eins» habe ich nichts, aber auch gar nichts verstanden. Außer natürlich wenn die Leute sich mit mir auf Englisch oder Französisch unterhielten. Wenn ich sonst allein unterwegs war oder in der Stadt einkaufen ging, war das etwas Besonderes für mich: Ich habe nur so etwas wie ein Gemurmel vernommen, empfand es jedoch nicht als beängstigend. Im Gegenteil! Ich genoss es, denn ich hatte dabei oft den Eindruck zu schweben. Ich fuhr die Rolltreppe im Supermarkt runter oder saß in einem Café, lehnte mich entspannt zurück, schaltete meinen Kopf ab und schaute mich um: In meiner Nähe bewegten sich Menschen, und ich hörte nur so was wie «Yon yon yon yon». Es war ziemlich irreal und hätte – von mir aus – noch stundenlang so weitergehen können. Später habe ich immer wieder mal versucht, in diesen Zustand zu gelangen. Bedauerlicherweise ging es nicht mehr, denn auch wenn ich es nicht wollte, konnte ich hier

und da doch etliche Wörter erkennen.

Zu diesem Zeitpunkt begann die
«Phase zwei», die ich zum Teil als
die unangenehmste erlebte. Da ich
immer mehr Satzfetzen mitbekam,
wusste ich durchaus, worüber sich
die Leute unterhielten. Dennoch
reichte es nicht, um GENAU zu wissen, was sie meinten. Ich verstand
zwar, dass sie sich mit diesem oder
jenem Thema auseinandersetzten,
konnte allerdings nicht herausfin-
den, WIE sie dazu standen. Waren
sie dafür oder dagegen? Oh, war das
frustrierend!
Zum Glück hatte diese Phase auch
eine positive Seite: Ich konnte nun

mit den paar Worten, die ich kannte, Fragen stellen. Ich musste allerdings darauf achten, nur geschlossene Fragen zu stellen, die einfach mit «Ja» oder «Nein» beantwortet werden konnten.

Ich fragte zum Beispiel: «Ist die Post in dieser Richtung?», ging weiter und erkundigte mich irgendwann wieder, bis ich mein Ziel erreicht hatte. Es dauerte zwar etwas länger, war dennoch viel effektiver, als wenn ich gefragt hätte: «Wie komme ich bitte zur Post?» Die Frage hätte ich selbstverständlich formulieren können. Aber stellen Sie sich vor, wie es mir ergangen wäre, wenn ich «Ach! Es ist ganz einfach! Sie müssen nur ungefähr fünfhundert Meter geradeaus gehen, bis Sie zu einer Kreuzung mit einer Ampel kommen. Da gehen Sie rechts und dann nach circa zweihundert Metern wieder links» gehört hätte.

Ja, Sie liegen richtig: Ich wäre sicherlich mit einer derartigen Antwort völlig überfordert gewesen. Ich konnte damals nur die Wörter verstehen, die ich selber kannte: die Wörter, die ich sorgfältig für meine Fragen auswählte. Wenn meine Gesprächspartner andere benutzten, konnte ich nicht mehr folgen. Antworten wie «Ja» oder «Nein» waren dagegen kein Problem. Ich fragte und fragte also munter weiter: «Ist es weiter als 10 Minuten?» «Fährt diese Straßenbahn zum Hauptbahnhof?» Und so weiter und so fort.

Außerdem war ich in dieser Phase endlich in der Lage zu äußern, was ich wollte. Und vor allem was ich NICHT wollte. Was sich bei meiner Praktikumsstelle als sehr wertvoll entpuppte. Ich sollte dort nämlich jeden Tag in dem Raum, in dem die Kinder spielten und malten, unter anderem die Möbel mit Politur auf Hochglanz bringen. Ich sah nicht ein, dass dies nur die Aufgabe der Praktikantinnen sein sollte, und ging deshalb zur Kindergartenleiterin. Mit meinem geringen Wortschatz schlug ich vor: «Ein Tag Erzieherin, ein Tag ich», und ergänzte: «Ich, Praktikum Sozialpädagogin, nicht Praktikum Putzfrau.» Als die Leiterin versuchte, mich davon zu überzeugen, dass das, was ich erledigen sollte, nicht mit der Arbeit einer Reinigungskraft zu vergleichen wäre, zeigte ich auf mein Wörterbuch: «*Nettoyer* ist putzen.» Die Folge war eine unglaublich lange, feindselige Rede, aus der ich nur «Konsequenzen haben wird» verstanden habe. Nach diesem Gespräch änderte sich die Stimmung: Ich wurde nicht mehr so freundlich behandelt wie früher. Na ja! Auf jeden Fall musste ich kurze Zeit später nicht mehr jeden Tag putzen, denn ... eine zweite Praktikantin wurde in unserer Gruppe eingesetzt.

«Phase drei» trat nach circa vier oder fünf Monaten ein, ich weiß es nicht mehr genau. Endlich war ich unabhängig und konnte fast alles allein erledigen. Ich machte zwar viele Fehler, aber man verstand, was ich meinte. Wenn mir etwas nicht sofort klar war, konnte ich nachfragen, denn inzwischen hatte sich mein Wortschatz erweitert. Ich konnte nun deutlich mehr als nur «Ja» und «Nein» verstehen. Ich war total begeistert. Ständig wiederholte ich, dass jeder von uns in der Lage sei, in irgendein Land auf der Welt zu ziehen, ohne vorher die Sprache erlernt zu haben.

«Ich bin kein Genie, ich bin ganz normal», betonte ich. «Nicht einmal ein halbes Jahr dauert es, bis wir selbstständig sind. Ist das nicht toll?»

Ich fand es unbeschreiblich ermutigend und sehr anregend. Ich fühlte mich so beflügelt, dass ich fast in ein anderes Land gegangen wäre. Aber inzwischen war das Leben hier in Deutschland für mich so schön geworden, dass ich doch lieber geblieben bin.

Vor einigen Jahren habe ich übrigens wieder mit dem Gedanken gespielt, diese großartige Erfahrung erneut zu machen. Ich überlegte, nach Schweden oder Italien zu ziehen, aber wie Sie sehen, bin ich doch lieber in meiner zweiten Heimat geblieben.

Und ... ich bereue es nicht.

Die Hürden der deutschen Sprache

Bis heute kann ich das Wort «Kalender» immer noch nicht aussprechen. Ich weiß nicht, was ich falsch mache. Mein Deutsch ist zwar ziemlich gut geworden, was den Wortschatz betrifft, aber mit der Betonung habe ich immer noch meine Probleme. Es ist gleich, wie ich es betone: Ob KAlender, KaLENder oder KalenDER. Tatsache ist: Kein Mensch versteht beim ersten Mal, was ich damit meine. Immer muss ich das Wort wiederholen. Mir wurde empfohlen, stattdessen den Begriff «Terminplaner» zu benutzen, aber der gefällt mir nicht so. Inzwischen habe ich außerdem festgestellt, dass es für meine Gesprächspartner verständlicher ist, wenn ich von «Terminkalender» spreche.

Mir wurde erklärt, dass bei Wörtern mit drei Silben die Betonung immer auf der zweiten liegt. Ich habe geübt. Inzwischen kann ich Salami (Salaaami) und Kohlrabi (Kohlraaabi) fast perfekt aussprechen. Aber bei Kalender klappt es immer noch nicht. Aber irgendwann bestimmt ... So schnell werde ich doch nicht aufgeben!

Mit einer grammatikalischen Regel habe ich ebenfalls Schwierigkeiten:

Auf Deutsch heißt es «ich frage DICH», aber «ich sage DIR». Warum einmal Dich und einmal Dir?

«Ganz einfach», werden Sie antworten: «WEN frage ich, aber WEM sage ich etwas? Das eine Mal wird der Akkusativ verwendet, das andere Mal der Dativ.» Klingt zwar logisch, aber für eine Französin ist es trotzdem nicht einleuchtend. Warum werden Akkusativ bzw. Dativ verwendet? Ehrlich gesagt, mich stört es nicht zu sagen: «WEM frage ich?» oder «WEN sage ich?». Auf Französisch heißt es doch *je TE demande* und *je TE dis.* Das Personalpronomen bleibt dasselbe. Ist die Lösung einfach auswendig lernen und gar nicht versuchen, es zu verstehen? Falls jemand es mir doch erklären kann, können Sie sich gern bei mir melden. Ich würde mich darüber sehr freuen!

Eine große Hürde in der deutschen Sprache gibt es für uns Französisch-sprachige noch: die «Hs». Entgegen der üblichen «diskriminierenden» Aussagen, die immer wieder gern verbreitet werden, möchte ich hier-mit kundtun, dass wir, meine Lands-leute und ich, durchaus in der Lage sind, «Hs» auszusprechen. Wir müs-sen uns dabei allerdings konzentrie-ren, denn … ungewöhnlich ist es für uns schon.

Ich hatte Glück, ich konnte eine Zeit lang üben: Mein erster Wohnsitz war nämlich in HHHannover und noch dazu im Stadtteil HHHerrenhhhausen. Nicht so einfach für eine Französin. Eine richtige Herausforderung! Zugeben muss ich allerdings, dass ich anfangs tatsächlich sagte, dass ich «in Nerrenausen» wohnte.

Da kaum jemand verstand, was ich damit meinte, musste ich eben ... üben.

Trotz dieser fabelhaften Chance vergesse ich immer wieder, achtsam zu sein. Und schon rede ich von «Exenschuss» oder begrüße einen «errn Müller».

Etwas ist mir außerdem aufgefallen: Wir können zwar die «Hs» aussprechen, ob wir diese jedoch stets an der passenden Stelle einsetzen, wage ich zu bezweifeln. Hier ein Beispiel, um es verständlich zu machen: Um mein Studium zu finanzieren, habe ich – wie schon erwähnt – regelmäßig bei der Hannover-Messe als Busfahrerin gearbeitet. Da verschiedene Routen durch das große Messegelände angeboten wurden, mussten wir unsere Fahrgäste bei jeder Haltestelle informieren, wo sie sich befanden: «Halle 4», «Ausgang West» usw. Es war eigentlich ziemlich einfach. An einer Haltestelle bin ich jedoch regelmäßig gescheitert: der Halle 1.

Ich nahm mir jedes Mal vor, sie richtig anzukündigen. Leider ging es schief – immer. Es klingt unglaublich, aber Fakt ist: In den unzähligen Stunden, die ich zur Verfügung hatte, konnte ich kein einziges Mal «Halle eins» ankündigen. Jedes Mal, aber wirklich je-des Mal tönte aus dem Lautsprecher «alle Heinz». Irritiert und zugleich amüsiert nahm ich mir für die nächste Runde vor, es besser zu machen. Es gelang mir leider nie.

Komischerweise neige ich auch dazu, unabsichtlich und unbewusst Wörtern ein «H» hinzuzufügen. Nicht selten kommen dabei Sätze wie «Oh! Da liegt etwas auf der Herde» raus.

Acht Jahre lang war ich als Gesundheitsberaterin selbstständig tätig und hielt Vorträge über Ernährung. Wenn ich mich zu Beginn vorstellte, teilte ich dem Publikum mit, dass ich eine «ärztlich geprüfte Gesundheitsberaterin» sei. Nur sagte ich statt «ärztlich» fast immer «härztlich». Nun frage ich mich, ob es damals für die Zuhörerinnen und Zuhörer eindeutig war, dass ich von einem Arzt geprüft worden war. Oder hatten sie etwa verstanden, dass ich «herzlich» geprüft wurde? Denn eine herzliche Gesundheitsberaterin war ich auf jeden Fall.

Das H-Thema ist damit noch nicht erledigt. Ich weiß nicht, wie es für Leute aus anderen Ländern ist, aber ICH kann die «Hs» nicht heraushören, wenn Deutsche sie aussprechen. Da ist nur ein Hauch von «H» zu verzeichnen. Das ist mir nicht deutlich genug. Ich höre es kaum.

Ein kleiner Tipp für Firmen, die Leute aus Frankreich einstellen: Antworten Sie auf die Frage «Wann treffen wir uns?» lieber nicht mit «halb neun». Sagen Sie lieber «acht Uhr dreißig». Sonst könnte es sein, dass wir etwas später erscheinen, nämlich «ab neun». Nach so langer Zeit in Deutschland passiert mir dieser «Verhörer» dann und wann immer noch.

Anscheinend bin ich nicht die einzige Französin, die damit Schwierigkeiten hat: Beim französischen Konsulat wurde das Problem scheinbar erkannt und aus den vermutlich eher negativen Erfahrungen gelernt. Als mir eine deutsche Mitarbeiterin ein Wort am Telefon buchstabierte, benutzte sie zwar das deutsche Alphabet, beim Buchstaben H allerdings

sagte sie vorsichtshalber «asch». Die französische Aussprache halt.
Ja! Sicher ist sicher!

Muttersprache?

Unser Sohn Felix wurde von Anfang an zweisprachig erzogen. Sein Vater sprach nur Deutsch mit ihm und ich nur Französisch. Felix konnte problemlos alles verstehen, was wir ihm sagten, und benannte zuerst einige seiner Spielsachen auf Französisch, andere auf Deutsch. Seine Ente hieß «Ente», sein Hase «Apin» (von *lapin*). Mit achtzehn Monaten stellte er unerwartet fest, dass ein Objekt zwei unterschiedliche Namen besaß. Dies geschah im Spiel. Er stand an seiner Spielküche und wollte etwas für uns kochen. Sein Vater zeigte ihm eine Birne und sagte: «Das ist eine Birne.»

Felix wiederholte: «Bine.» Dann drehte er sich zu mir und meinte etwas überrascht: «Poi?» Ich bestätigte: «*Oui, c'est une poire*» (Ja, es ist eine Birne), denn «Birne» heißt auf Französisch tatsächlich *poire*. Felix schaute seinen Vater an, sagte: «Bine! Bine!», sah mich an, sagte: «Poi! Poi!» Dann lachte er, wiederholte zigmal hintereinander «Bine, Bine» und «Poi, Poi» und schaute dabei immer die passende Person an. Ich lobte ihn: «Ja, Felix! Du hast es verstanden! Papa sagt Birne, und Mama sagt *poire*.» Er freute sich so sehr. Er lachte weiter und wurde nicht müde, seine neue Entdeckung zu wiederholen. Nicht nur ER war glücklich, sondern wir stolze Eltern waren es natürlich auch.

In den folgenden Tagen und Wochen war Felix unter anderem damit beschäftigt, seine Zweisprachigkeit zu erweitern und herauszufinden, wie nun die anderen Namen seine Spielsachen lauteten. Er fragte zum Beispiel seinen Vater «Mama sagt …, was sagt Papa?» Nach und nach gesellte sich zu «Apin» (*lapin*) auch «Hase»; zu *pain* auch «Bot» (Brot) und so weiter und so fort. Jeden Tag kamen neue Begriffe dazu. Es war schon spannend! Mama sagt …, Papa sagt … Das waren seine Erklärungen. Nicht Deutsch und auch nicht Französisch. Und wir haben ihn nie korrigiert, sondern diese «Erklärung» einfach so stehen lassen.

Jahre später machte unsere kleine Familie Urlaub in Tunesien. Nach ein paar Tagen fragte ein Angestellter des Hotels Felix, wieso er so gut Französisch könne. «Das ist meine Muttersprache», antwortete unser Sohn. Der Mann schaut etwas irritiert und fragte weiter: «Und Deutsch?» Ganz ruhig erwiderte Felix: «Das ist meine Vatersprache.»

Klar! Ist doch logisch, oder?

Mama sagt. Papa sagt.

Das Chaos mit den Pronomen und Artikeln

Im Deutschen gibt es nicht nur DER und DIE wie in der französischen Sprache, sondern auch DAS. Und DAS war für mich etwas zu viel! Erleichterung muss her, dachte ich damals und entschied mich leichtsinnigerweise, die Artikelauswahl zu boykottieren. Meinem Freund teilte ich mit: «Die feminine Form ist die schönste», und benutzte danach konsequent – für alle neue Substantive – nur noch DIE (die Tisch usw.). Die Leute konnten mich trotzdem verstehen. Alles war also in Ordnung, dachte ich. Im Nachhinein kann ich nur sagen, dass das gar keine gute Idee war! Ich kann es wirklich nicht empfehlen. Es ist nämlich sehr schwer, sich später von einer eingefleischten Gewohnheit wieder zu trennen.

Inzwischen benutze ich ganz brav nicht nur DER und DAS, sondern selbstverständlich auch DEN, DEM und DES, sogar DEREN und DESSEN. Vielleicht nicht immer an der richtigen Stelle, aber es wird nach all den Jahren stetig besser.

Manchmal habe ich allerdings «kleine Rückfälle» und meine Sätze sprudeln über vor lauter DIEs.

Wie praktisch das sächliche Pronomen sein kann, habe ich erlebt, als ich zu Besuch bei einer Frau war, die eine Katze besaß. Ich erkundigte mich: «Ist es eine SIE oder ein ER?», und bekam als Antwort: «Es ist ein ES». Mehr brauchte ich nicht zu fragen. Alles war klar!

An den sächlichen Artikel, DAS, habe ich mich mittlerweile gewöhnt. Mit dem Pronomen ES habe ich allerdings selbst nach dreißig Jahren in Deutschland immer noch Schwierigkeiten. Für mich dient ES eher dazu, etwas unpersönlich zu beschreiben: Wie «ES regnet» oder «ES ist ganz schön kalt heute». Wenn ich allerdings von einem Buch berichten will, versuche ich, die Benutzung des Pronomens zu vermeiden. Bei allgemeinen Sätzen wie «Es ist sehr interessant» habe ich nämlich nicht den Eindruck, meine Meinung über das Buch zu bekunden, sondern eher eine generelle Ansicht wie bei «Es ist interessant, hier zu sein» zu verbreiten. Über ein Foto zu hören: «Es ist schön», bringt mich andauernd durcheinander. Was ist schön? Beisammen zu sein? Fotos anzuschauen und dabei gemütlich Wein zu trinken? Dabei denke ich an alles Mögliche, nur nicht an das Foto. Vielleicht ist es deshalb nicht so leicht für mich, das passende Pronomen zu benutzen, wenn ich von sächlichen Substantiven spreche.

Als ich einige Monate auf dem Wochenmarkt an einem Biobäckerstand arbeitete, brachte ich eine Kollegin fast zur Verzweiflung. Ich empfahl zwar den Kunden DAS Roggenbrot, schwärmte allerdings: «ER schmeckt so gut. ER ist sehr mild, was selten ist bei Roggenbrot.» Irgendwann rastete die bis dahin eher geduldige Kollegin tatsächlich aus und schrie mich vor den verdutzten Kunden an: «Sag mal, wann wirst Du Dir endlich merken, dass es DAS Brot heißt?»

Ich erwiderte kleinlaut: «Ähm, das weiß ich.»

«Gut! Und warum sagst Du dann immer, dass ER so oder so schmeckt?», war ihre nächste Frage. Da es eine rein rhetorische war, musste ich sie zum Glück nicht beantworten.

Später habe ich überlegt, was der Grund für diese Verwechslung sein könnte. Passierte mir dieser Fehler nur bei der Anwendung des sächlichen Pronomens? Leider nicht, musste ich feststellen. Denn auch bei femininen und maskulinen Wörtern läuft es ähnlich. Fast immer treffe ich die passenden Artikel (die, der oder das), allerdings ist mein Deutsch beim Einsatz von Personalpronomen gewiss verbesserungsbedürftig. Da herrscht das reinste Chaos!

Inzwischen habe ich erkannt, dass ich – unbewusst – die französischen Pronomen anwende. Hier möchte ich, aus Rücksicht auf Sie, nur wenige unlogische Beispiele aufführen. Ich könnte nämlich Seiten damit füllen:

Ich sage zwar DAS Auto und DER Wagen, jedoch «Ich mag SIE» oder «SIE fährt gut», denn auf Französisch heißt es nämlich *LA voiture*, also DIE *voiture*.

Die Straßenbahn, aber ... ER fährt. *(LE tramway)*

Die Zitrone, aber ... Oh! Ist ER sauer! *(LE citron)*

Die Sonne, aber ... DER tut gut! *(LE soleil)*

Das Foto, aber ... SIE ist gelungen. *(LA photo)*

Die Arbeit, aber ... ER gefällt mir gut. *(LE travail)*

Die Ampel, aber ... ER steht auf Rot. *(LE feu)*

Das Mädchen, aber ... Sie spielt. *(LA fille)*

Im Falle des Mädchens spielt noch etwas anderes hinein: Bei Texten, die von einem Mädchen handeln, ist es für mich verwirrend, wenn da «es» – also das Mädchen – «schaut sein Spielzeug an» steht. Oftmals muss ich mich konzentrieren und den Satz erneut lesen, um zu verstehen, was damit gemeint ist. Für mich bedeutet nämlich «SEIN Spielzeug» das Spielzeug eines Jungen.
Im Fall eines Mädchens erwarte ich «ES» – noch besser SIE – «schaut IHR Spielzeug an». DAS Kind, gut, es kann ein weibliches oder ein männliches Kind sein. Neutrum ist also

angebracht. Aber sobald wir wissen, ob es sich bei dem Kind um Paul oder Anna handelt, sollte es logisch bleiben. Paul, DER Junge, DER Bub: Da ist es ganz klar, dass es sich um einen IHN handelt. ER schaut dementsprechend SEIN Spielzeug an. Anna, DAS Mädchen, DAS Mädel? Wenn nur der Vorname dasteht, geht es weiterhin um IHR Spielzeug: Anna schaut IHR Spielzeug an. Aber dann scheint es vorbei zu sein mit ihrer Weiblichkeit: Als Mädchen oder Mädel schaut es SEIN Spielzeug an. Dabei handelt es sich nicht um das Spielzeug von Paul.

Ganz schön unlogisch! Und auch ziemlich frauenfeindlich! Ich mag diese Formulierung nicht und versuche, diese grammatikalische Konstruktion zu vermeiden. Nicht immer einfach!

Inzwischen habe ich schon in mehreren deutschen Büchern festgestellt, dass Autorinnen und Autoren etwas lockerer mit den Personalpronomen und Possessiv umgehen. Ist es nun erlaubt, weil passender, habe ich mich gefragt und mich schlaugemacht. Laut Duden ist bei Mädchen das weibliche Pronomen erlaubt und in bestimmten Fällen sogar geläufiger.

Wunderbar! Darüber freut sich die Beauftragte für Mädchenarbeit, die ich ein Jahr lang war. Doch nicht nur diese: Schon in der Grundschule, als die Lehrerin uns die Deklination der

Adjektive beibrachte, fand ich es ungerecht, dass nach den französischen
Grammatikregeln bei einer gemisch-
ten Gruppe alle «Wie-Wörter» mas-
kulin sind. Auch wenn es sich bei dieser Gruppe um tausend Frauen und
EINEN Mann handle, betonte unsere
Lehrerin. Schon damals – ich war
erst 7 oder 9 Jahre alt – fand ich das
unfair!

In Deutschland finde ich es seltsam,
wenn Frauen von einem Ausflug berichten, bei dem sie «zehn Mann»
waren. Sogar wenn gar keine Männer daran teilgenommen haben, und
sie mit dem Hausfrauenbund oder
dem Landfrauenverein unterwegs
waren. Es hat gedauert, bis ich da-
hintergekommen bin.

So einfach ist die Sache mit den Pronomen und Artikeln im Deutschen wahrlich nicht!

Falsches Wort

Fünf Jahre lang arbeitete ich bei der Diakonie und leitete ein Projekt für Langzeitarbeitslose. Eines Tages lobte mich der Probst in Anwesenheit anderer Kollegen und Kolleginnen. Scherzhaft wollte ich mit einem Lächeln «Oh, Sie Schmeichler, Sie!» erwidern und dabei kurz auf meine Wangen klopfen, als würde ich die aufsteigende Röte vertreiben wollen. Ja, das hatte ich vor, denn ich liebe das Wort «Schmeichler» und dieser Spruch kommt immer gut an. Nur ... an jenem Tag war ich wahrscheinlich etwas durcheinander und sagte stattdessen: «Oh, Sie Schleimer, Sie!» Ich merkte bald: Komisch, etwas ist anders. Oh ja! Vor allem die Stimmung war ganz anders: Es wurde plötzlich still, und die anwesenden Personen blickten sich mit erstarrten Gesichtern an. Alle schwiegen. Niemand traute sich, etwas zu sagen, und niemand klärte mich auf. Der Probst aber lächelte mich an und redete nach ein paar Sekunden, die sich für mich wie Stunden anfühlten, einfach weiter, sodass das Missgeschick bald vergessen war. Erst einige Stunden später ging mir auf, was ich zu meinem Vorgesetzten gesagt hatte. Och nee! Das geht nicht! Ich ging sofort zu seinem Büro, erklärte ihm die Verwechslung und entschuldigte mich dafür. Der Probst war ein liebevoller Mann mit viel Humor. Er lachte und meinte: «Na ja, Frau Lestrat, Sie liegen nicht ganz falsch. Schleimer und Schmeichler liegen tatsächlich nicht weit voneinander.»

In den folgenden Wochen mussten wir immer wieder lachen, wenn wir uns im Treppenhaus oder in der Eingangshalle trafen. Ich hatte Glück, so einen verständnisvollen und humorvollen Chef zu haben.

Aber vielleicht sollte ich grundsätzlich kirchliche Einrichtungen meiden, denn … Das Vorpraktikum für mein Studium absolvierte ich, wie schon erwähnt, in einem katholischen Kindergarten. Ich bekam dort nicht nur die Gelegenheit, die pädagogische Arbeit in Deutschland kennenzulernen, sondern vor allem meine deutschen Sprachkenntnisse zu verbessern. Jeden Tag mussten wir mit den Kindern einige Stunden draußen verbringen, sodass sie spielen und sich richtig austoben konnten. Wir vom Personal hatten allerdings deutlich weniger Bewegung. An einem Vormittag im Herbst kam ich rein und sagte – in Anwesenheit der Köchin – zur Leiterin: «Draußen ist es arschkalt!» Sie können sich sicherlich vorstellen, wie das ankam.

Katholischer Kindergarten! Ich bitte Sie! Leiterin und Köchin tauschten Blicke aus. Die Leiterin erklärte mir mit pädagogisch wertvoll ruhiger

Stimme: «Sehr kalt, Fräulein Lestrat, sehr kalt. Arschkalt gibt es nicht.»

Na ja! Es hätte klappen können. Leider war ich hundert Prozent sicher, dass es dieses Wort gibt. Ich hatte nämlich gehört, wie mein Freund es benutzte, und konnte es mir gut merken. Denn im Französischen gibt es das altmodische Wort *archi,* was «ganz» oder «völlig» bedeutet. Als junges Mädchen lernte ich, wie fast alle französischen Kinder, den Zungenbrecher *Les chaussettes de l'Archiduchesse sont elles sèches ou archisèches? Si elles ne sont pas encore sèches, répétez encore une fois. Les chaussettes de l'Archiduchesse ...* Auf Deutsch: Die Socken der Erzherzogin, sind sie trocken oder *archi-* (ganz) trocken? Wenn sie noch nicht trocken sind, wiederholen Sie noch einmal: Die Socken der Erzherzogin ... Es passte doch wunderbar: «Arsch»kalt hieß bestimmt *archi*kalt, also ganz kalt. Ich war sicher, dass ich mich nicht geirrt hatte. Deshalb beteuerte ich: «Doch! Es gibt ‹arschkalt›. Hab' ich gehört.»

Wieder Blickaustausch: Leiterin – Köchin, Köchin – Leiterin. Etwas verlegen gab es die Leiterin endlich zu. Sie zeigte mir ihren Hintern und meinte: «Es gibt Arsch, Fräulein Lestrat, aber es ist kein gutes Wort für Popo!»

Na also! Warum es so kompliziert machen? Es wäre viel einfacher gewesen, es mir sofort zu erklären.

Am Abend berichtete ich meinem Freund von dem Vorfall. «Wie konntest du so etwas sagen?», war sein Kommentar. Na ja, es ist ganz einfach, wie so etwas passieren konnte: Ich lernte eben aus dem, was ich zu hören bekam.

Einige Tage später waren Freunde zu Besuch. Irgendwann benutzte jemand das Wort «tierisch». Mein Freund blickte zu mir und warnte mich: «Tierisch ist kein Wort für dich, es ist Umgangssprache. Okay?»

Klar! Auf Französisch sagen wir *vachement* dazu. Also «kuh-isch». Nicht sehr weit entfernt, also wieder ganz leicht zu merken.

Als ich Wochen später im Kindergarten dem Team berichtete, dass es draußen «schwul» sei, kicherten meine Kolleginnen erst mal, verdrehten die Augen und teilten mir dann ernst mit, dass es «schwül» heiße.

Heute muss ich mich immer noch konzentrieren, um diese Verwechslung zu vermeiden. Der Laut «ü» ist für mich mit Leichtigkeit, «u» mit Schwere verbunden. Wie das gespenstische «Uhh uhh». Auf Französisch heißt außerdem schwül *lourd* (lur ausgesprochen). Ich finde, schwul passt doch besser zu *lourd* als schwül, oder?

Und ich bin nicht die Einzige! Mehrere Französinnen haben mir berichtet, dass sie in diesem Fall auch schon mal das falsche Wort benutzt haben.

Ich denke, für diesen katholischen Kindergarten war ich bestimmt ein hoffnungsloser Fall.

Lieblingswort

Seit einiger Zeit bin ich Mitglied bei Bookcrossing, einem weltweiten Forum zur freiwilligen und kostenlosen Weitergabe von Büchern. Bei meinem ersten Treffen überreichte mir eine Bookcrosserin das Buch «Dahls Wörterschrank» von Jürgen Dahl: eine Sammlung von «zierlichen» über «gemütlichen» bis zu «prächtigen» Wörtern, die in entsprechenden «Schubladen» – Kapiteln – einsortiert waren. Als ich drin blätterte, entdeckte ich viele zusätzliche Wörter, die zwischen den Zeilen oder am Rand handschriftlich eingetragen waren. Die Besitzerin des Büchleins erklärte mir, dass sie es regelmäßig zu den Bookcrossing-Treffen mitnimmt und die Anwesenden bittet, «ihre» Wörter einzutragen. Was für eine geistreiche Idee! Sie fragte mich, ob ich ein deutsches Lieblingswort hätte und bereit wäre, es in dieses Buch zu schreiben. Mein deutsches Lieblingswort? Ich brauchte nicht lange zu überlegen. Es kam sofort: SCHMUSEN. Ich liebe das Wort! Schon wenn ich «schmu» höre oder ausspreche, entsteht sofort das Bild vor meinen Augen, wie Kinder und Erwachsene kuscheln. Wie sie sich am liebsten in die kleine Kuhle am Oberarm – ja, genau da, neben der Schulter – hineindrücken. Mit dem Kopf zuerst, so als würden sie darin rumwühlen. Wie gemütlich!

Und dann … das «sen» am Ende. Es klingt so … ja so … Ach! Da kann man doch gar nicht mehr aufhören zu schmusen, oder? Die Silbe «Schmu» gibt es in der französischen Sprache nicht. Wie schade! Aber *un p'tit calin* – der französische Ausdruck für «eine kleine Schmuse-Einheit» – klingt doch auch sehr schön, finde ich.

Ein anderes Wort, das ich in der deutschen Sprache sehr passend finde, ist «MÜDE». Am besten «müüüüde» ausgesprochen. Denn … wenn wir müüüde sagen, ist es doch wirklich klar, wie müde wir sind!

Es ist übrigens das einzige Wort, bei dem ich in der Lage bin, einen langen Vokal auszusprechen (auch wenn es eigentlich kein langer ist). Ich kann es sonst nicht, rede oft zu schnell, was gelegentlich zu Missverständnissen führt. Aber bei «müde» habe ich keine Schwierigkeiten, das Wort in die Länge zu ziehen. Es passt einfach!

Apropos passen: Beide Wörter passten wunderbar in die Schublade «gemütliche Wörter» und wurden dort verewigt. Danke, Oedi, für die Ehre!

Bitte schön

Witze zu erzählen ist immer ein Risiko. Sitzt die Pointe nicht, dann ist es dumm gelaufen! Ich werde trotzdem das Risiko eingehen, denn der folgende Witz passt gut zu einer Frage, die mir immer wieder gestellt wird. Und diesen Witz hat mir mein Vater – der Deutschland sehr mochte – erzählt, als ich jung war. Schon damals gefiel er mir.

Also, ich versuche es: Ein Franzose verbringt während seiner Ferien eine Nacht in einem deutschen Hotel. Am nächsten Morgen wird er gefragt, ob er eine erholsame Nacht gehabt habe: «Na ja!», antwortete dieser, «ich bin zwar sehr schnell eingeschlafen und konnte gut schlafen, aber leider wurde ich ziemlich früh von dem Zug geweckt.»

«Von dem Zug?», meinte die Hotelinhaberin etwas irritiert. «Nein ... da irren Sie sich. Wir haben hier keinen Zug.»

«Aber doch», beteuerte der Franzose, «ich habe es genau gehört: tschi-tschi-tschi, tschu-tschu-tschu, tschi-tschi-tschi, tschu-tschu-tschu ...»

«Ach, das», erwiderte die Hotelinhaberin schmunzelnd, «das sind unsere Handwerker! Sie bauen eine Mauer, und wenn sie sich die Steine zureichen, gehen sie höflich miteinander um. Das, was Sie gehört haben, war kein Zug, sondern «danke schön, bitte schön, danke schön, bitte schön …»

Immer wieder werde ich gefragt: «Was sollen wir den Franzosen antworten, wenn sie *merci* sagen? *De rien?*» Nach über 30 Jahren in Deutschland würde ich jetzt aus dem Bauch heraus sagen: «Ja klar! Nach *merci* kommt automatisch *de rien.*» Das erscheint mir sonnenklar, weil ich mich inzwischen an «danke schön – bitte schön» gewöhnt habe, es sogar in meinen aktiven Wortschatz integriert habe. Aber ich weiß, dass es nicht stimmt.

Sicherheitshalber habe ich meine Mutter angerufen, um bloß keine falschen Informationen zu verbreiten. Hier ihre Antwort: «Wenn eine Person uns einen Gefallen tut oder uns hilft, etwas zu erledigen, bedanken wir uns mit *merci,* und die Person erwidert in diesem Fall tatsächlich *oh, de rien!* (für nichts). Es ist wie «gern geschehen» im Deutschen. Wenn uns allerdings eine Restauranttür geöffnet oder offen gehalten wird und wir uns ebenfalls mit *merci* bedanken ... Dann kommt nichts. Rein gar nichts. Wirklich nicht! *De rien* wäre eher ironisch gemeint. Am besten noch mit einer kleinen Verbeugung dazu.»

Übrigens: Früher konnte ich «gern geschehen» nicht verstehen. Ich konnte keine einzelnen Wörter darin erkennen. Es klang für mich wie «görneschön». So als hätte jemand aus Scherz rückwärts gesprochen. Heute gebrauche ich oft «sehr gerne geschehen». Ich mag diese Formulierung sehr, auch wenn sie etwas altmodisch klingt.

Und ... ich höre immer noch sehr gerne den zugähnlichen Klang von «danke schön, bitte schön, danke schön, bitte schön ...». Von mir aus gerne noch ein drittes Mal: «danke schön, bitte schön ...»

Vorurteile? Vorurteile!

Es ist nicht immer leicht,
Vorurteilen entgegenzuwirken
Echte Französin?
Sie sind aber kritisch!
Ich bin ich

Es ist nicht immer leicht, Vorurteilen entgegenzuwirken

Ziel des interkulturellen Lernens ist es, die andere Kultur objektiv zu betrachten sowie die Realität des anderen zu entdecken. In der Regel wird aber als Erstes überprüft, ob wir das, was wir uns vorgestellt haben, tatsächlich wiederfinden. Wenn ja, dann haben wir eine Bestätigung unserer Vorurteile gefunden und sind damit sehr zufrieden.
Gegen Vorurteile anzuarbeiten ist allerdings nicht immer leicht, da diese für Sicherheit sorgen als Mittel

gegen die Angst vor Neuem. Wenn wir das, was wir erwarten, antreffen, dann befinden wir uns auf bekanntem Terrain, was beruhigend ist. Verständlicherweise halten wir daher ganz fest an unseren Vorurteilen. Wer würde einen solchen Schutz-mechanismus schon freiwillig aufgeben?

Ein Ziel von deutsch-französischen Jugendfreizeiten ist die Veränderung eines solchen Verhaltens. Während meines Studiums habe ich mehrere Begegnungen als Betreuerin im deutschen Team begleitet. Zugegeben, ein dreiwöchiger Aufenthalt ist zu kurz, um dieses Ziel zu erreichen. Er kann jedoch der Beginn eines Veränderungsprozesses sein und den Jugendlichen die Gelegenheit bieten, ihre Vorurteile wenn auch nicht ganz zu beseitigen, doch wenigstens zu hinterfragen.

Der Abbau von Vorurteilen kann allerdings nur erfolgreich stattfinden, wenn wir bereit sind, uns damit zu konfrontieren. Also wenn wir einverstanden sind, die voreingenommene Sichtweise mit dem, was wir neu erleben, zu vergleichen und diese unter Umständen abzulegen. Dies kann sich jedoch als schwierig erweisen, wenn gerade das «Objekt des Vorurteils» Pech hat: Bei einem Ferienlager in Südfrankreich sollten wir – eine Gruppe aus Norddeutschland – am Bahnhof von unseren französsischen Partnern abgeholt werden. Einige unserer Jugendlichen wollten noch schnell in die Stadt gehen und meinten: «Ach, wir haben noch viel Zeit, bis die Franzosen da sind. Sie werden sich sowieso verspäten. Das ist doch typisch für die, oder?»

Als angehende Diplom-Sozialpädagogin und noch dazu Französin versuchte ich ihnen zu erklären, dass nicht ALLE Franzosen IMMER zu spät kommen: die Bearbeitung von Vorurteilen halt!

Na ja! Ganz geklappt hat es nicht wirklich, denn ... die französische Gruppe kam tatsächlich mit Verspätung an: Sie hatten Schwierigkeiten beim Beladen des Busses.

Tja! Wie gesagt, es ist nicht immer einfach, Vorurteilen entgegenzuwirken.

Echte Französin?

Als ich vor Jahren ehrenamtlich in Israel in einem Kibbuz arbeitete, wurde ich von einem Mann gefragt, ob ich eine richtige Französin sei. Da ich in Frankreich geboren wurde – so wie meine Mutter, mein Vater und meine ganze Familie –, antwortete ich mit einem selbstverständlichen «Ja». Ein paar Tage später teilte mir dieser Mann mit, dass ich die «Kriterien» doch nicht erfülle und damit keine echte Französin darstelle. Denn eine ECHTE Französin – so seine Meinung – schläft jeden Tag mit einem anderen Mann. Und das tue ich wahrhaftig nicht.

Interessant finde ich, dass wir in Frankreich ähnliche Vorurteile gegenüber einigen Frauen haben, nämlich über Frauen aus ... Schweden. Ich möchte gerne wissen, welches Land in der Phantasie der schwedischen Bevölkerung diesen Platz einnimmt.

In Deutschland wurde ich immer wieder mit ähnlichen Erwartungen und dem Phantasiebild, das sich die Männer von den Französinnen geschaffen haben, konfrontiert. Als ich während meiner Studienzeit zu Besuch in Oldenburg im niedersächsischen Oldenburg war, teilte mein Gastgeber seinen Kommilitonen mit, dass er zurzeit eine französische

Freundin zu Besuch habe. Neugierig wollten die Studenten mich kennenlernen. Mein Freund berichtete mir später, dass einige seiner Bekannten etwas enttäuscht waren, denn ich entsprach nicht unbedingt den erotischen Klischees, die sie erwartet hatten. Seitdem bin ich immer noch vorsichtig und kündige selten vorher an, dass ich Französin bin. Ich möchte selbstverständlich solche «Enttäuschungen» nicht erneut hervorrufen und den armen deutschen Männern dieses frustrierende Erlebnis ersparen.

Ich muss gestehen, dass ich zu Beginn meines Studiums mit diesem Klischee zu kämpfen hatte. Damals war ich noch jung und hätte beinah unter Minderwertigkeitskomplexen gelitten. Zum Glück wurde ich irgendwann sicherer und entwickelte eine hilfreiche Portion Humor. Mir wurde klar, dass das, was sich in den Köpfen der Leute abspielt, definitiv nichts mit mir zu tun hat. Ich werde nie ihrem Phantasiebild gerecht und möchte es auch nicht. Bis ich so weit war und zu diesem Schluss kam, ging jedoch etwas Zeit ins Land.

Heute – nach über 30 Jahren in Deutschland – stelle ich immer noch fest, dass sich bei diesem Thema kaum etwas verändert hat und sich wahrscheinlich nie ändern wird. Frankreich bedeutet halt für viele «oh, là, là». Es ist halt so!

Sie sind aber kritisch!

Vor Jahren befand ich mich in einer stark depressiven Phase. Bald wurde mir klar, dass ich es nicht allein schaffen würde, da herauszukommen. Professionelle Hilfe war also angesagt. Da ich mir nicht vorstellen konnte, jeden Tag hin und her zu fahren, entschied ich mich für eine stationäre Einrichtung.

Kurz nach meiner Ankunft wurde ich zu einem Gespräch mit der Psychologin, einer Krankenschwester und einer Psychologiestudentin eingeladen. Später fand noch ein Gespräch mit dem Oberarzt statt. Dieser freute sich sichtlich, dass ich in meinem Leben noch nie Antidepressiva genommen hatte, was bei seinen Patientinnen selten der Fall sei. Er meinte, wir könnten dadurch genau verfolgen, wie die Medikamente tatsächlich wirkten, da es keine Nebenwirkungen von früheren Arzneimitteln zu berücksichtigen gebe.

Ich wandte «Sie scheinen begeistert zu sein, ein Versuchskaninchen gefunden zu haben» ein. Er fand mich «sehr offen». Ich bat um Bedenkzeit. Eigentlich wollte ich es lieber erst mal mit Psychotherapie und Gesprächen, jedoch ohne Medikamente probieren und beobachten, wie es mir dabei ging. Als er mir erneut vorschlug, so schnell wie möglich mit den Antidepressiva zu beginnen, um keine Zeit zu verlieren, erwiderte ich, dass wir – falls es mir dann besser ging – gar nicht würden feststellen können, ob dies die Folge von den Gesprächen oder von den Medikamenten sei. Er lachte und meinte: «Sie sind aber kritisch. Es hat bestimmt damit zu tun, dass Sie aus Frankreich kommen.»

Er war an Widerrede nicht gewöhnt. Er erzählte mir, er habe einige Zeit in Schweden gearbeitet und es dort ganz anders erlebt. «Die Schweden schlucken alles, was der Arzt verordnet, ohne nachzufragen», berichtete er.

Hat meine Haltung mit meinen französischen Wurzeln zu tun? Meine Mutter hat uns zwar beigebracht, im

Umgang mit Menschen keinen Unterschied zu machen: Ob es sich dabei um eine Reinigungskraft oder um eine Vorgesetzte handelt, egal wer oder was sie sind, diese Personen werden gleich korrekt behandelt: nämlich freundlich, respektvoll, allerdings auch ohne unnötige Ehrfurcht. Doch wage ich zu bezweifeln, dass diese wertvolle Erziehung zu dem intensiven Gespräch mit dem Oberarzt führte. Ich denke, die Ursachen meiner kritischen Einstellung Medikamenten gegenüber sind eher bei meiner früheren Tätigkeit als Gesundheitsberaterin zu suchen. Ja! Ich bin sicher, dass es vielmehr mit der Ausbildung, die ich in Lahnstein bei Koblenz – in Deutschland also – absolviert habe, als mit meinem Herkunftsland zu tun hat.

Also, wieder ein Vorurteil? Ich glaube schon, denn in meinem Bekanntenkreis befinden sich mehrere Deutsche, die nicht einfach so alles schlucken würden, was der Arzt oder die Ärztin verschreibt. Ich kenne außerdem reichlich Franzosen und Französinnen, die ganz brav den Empfehlungen ihres Gottes in Weiß folgen würden. Also ... doch ein Vorurteil!

Na ja. Auf jeden Fall ... Am nächsten Morgen habe ich mich entgegen dem ärztlichen Rat entlassen lassen. Zum Glück konnte ich kurze Zeit später die Dienste einer Tagesklinik in Anspruch nehmen, die mir sehr geholfen hat. Und dank einer kompetenten Mitarbeiterin einer Beratungs-stelle sowie der anschließenden Psychotherapie ging es mir irgend-wann nicht nur gut, sondern sogar besser als vor der Depression. Und dies ohne Antidepressiva!

Gut, dass ich kritisch war.

Ich bin ich

Schubladendenken dient üblicherweise zur Orientierung und Sicherheit und hilft Menschen, mit einer neuen Situation umzugehen. Manchmal allerdings auch mit einer nicht mehr ganz so neuen Situation.

So bin ich immer wieder überrascht, wenn Kollegen, Nachbarn oder Bekannte, sogar einige meiner Freunde in mir immer noch in erster Linie die Französin sehen. Wenn ich eine gute Tat vollbringe oder einen liebevollen Gedanken äußere, liegt der Grund für sie zweifelsohne darin, dass ich Französin bin. Nicht selten bekomme ich zu hören: «Weißt Du, Martine,

Deutsche würden nicht auf solche Ideen kommen.»

Eigentlich ist es nett gemeint. Auf mich hat es jedoch eine andere Wirkung. Denn auf «so was» komme ich nicht, weil ich Französin bin, sondern vielmehr, weil ich Martine bin.

Ich weiß, dass bestimmte Verhaltensweisen und Denkweisen mit dem Land, in dem wir sozialisiert wurden, zu tun haben. Nichtsdestotrotz denke ich, dass meine Persönlichkeit eher eine Folge meiner eigenen Geschichte und der Erfahrungen, die ich in meinem Leben sammeln durfte, ist: wertvolle Erlebnisse, die ich verarbeitet habe, und die mich zu dem Menschen werden ließen, der ich heute bin. Was nicht ausschließlich mit meiner Nationalität zu tun hat. Viele Franzosen und Französinnen würden auch nicht «auf diese Idee kommen». Und ich – ehrlich gesagt – früher wahrscheinlich ebenfalls nicht. Außerdem kenne ich Deutsche, die in ähnlichen Situationen durchaus so wie ich handeln würden. Es ist also doch nicht typisch französisch. Doch ich sehe und erkenne selbstverständlich einige Verhaltensweisen an mir, die ich ebenfalls als französisch bezeichnen würde. Oder gar als «typisch Lestrat», da sie mit unserer (meiner und die meiner Geschwister) Erziehung zu tun haben. Gleichzeitig sehe ich große Unterschiede zwischen den Reaktionen meiner Geschwister oder meiner Landsleute und meiner

Art zu reagieren. Bei manchen Themen fühle ich mich meinen deutschen Freundinnen sehr nah. Wir handeln ähnlicher, als andere Französinnen es je tun würden. Dies hat in diesem Fall oft mit unserer beruflichen Entwicklung und den Prozessen, die sie ausgelöst hat, zu tun. Deshalb denke ich, dass nicht nur die nationale Sozialisierung uns beeinflusst, sondern auch die zusätzliche Entwicklung, die wir im Lauf unseres Lebens durchmachen, je nachdem wo und wie wir leben. Es gibt Menschen, die in Ländern mit einem starken Unterdrückungssystem leben und sich damit abfinden, während andere dagegen rebellieren. Auch wenn die Angehörigen beider Gruppen in derselben

Familie oder am selben Ort groß geworden sind. Dies hat – meiner Meinung nach – mit der Persönlichkeit und dem Charakter, ja, mit der Individualität der Person zu tun. Mit lieb gemeinten Pauschaläußerungen wird eine fortlaufende Entwicklung nicht gesehen und anerkannt. Nicht wirklich gewürdigt. Meine Handlungen oder Gedanken werden damit als «Tat einer Französin» abgestempelt, so als wären sie keine Interaktionen einer einzelnen Person, sondern nicht anzuzweifelnde Bestandteile der Charakterzüge von Menschen derselben Landeszugehörigkeit. Dadurch wird – so scheint es mir – die Einzigartigkeit eines Individuums nicht mehr

wahrgenommen, sondern glatt igno-
riert.

Zu Beginn einer Fortbildung über Konfliktmanagement musste ich mich vorstellen und der Gruppe mit-teilen, warum ich diesen Lehrgang ausgewählt hatte. Der Seminarleiter kommentierte mit einem betont französischen Akzent meine Ausfüh-rungen mit einem: «Und so charmant rübergebracht ... Isch bin entzückt!» Och nee! Nicht schon wieder, dachte ich und konnte das nicht so stehen lassen. «Hey! Ich bin nicht nur Fran-zösin!», rief ich.
«Was noch?», war seine Frage.
«Ähm ... ICH», hörte ich mich nach kurzer Überlegung antworten.

«Gut!», meinte er lächelnd.

Damit war das Thema für die restliche Dauer dieser lehrreichen Fortbildung erledigt. Die Teilnehmenden waren klug und feinfühlig genug, meinen weiteren Darbietungen ohne ähnliche Bemerkungen zu folgen. Meine Äußerungen wurden wie die der anderen Anwesenden aufgenommen. Unabhängig davon, aus welchem Land die Sprechenden kamen. Wie angenehm!

154

Zusammen leben

Erster Kontakt

Ausländerin und Ausländerin

Alkoholkonsum

Alsace oder Elsass?

Englisch sprechen in Deutschland

Zu welcher Gruppe gehöre ich?

Essen bei deutsch-französischen

Jugendfreizeiten

Im Restaurant

Ausländische Kollegin

Muss oder Lust?

Erster Kontakt

Wenn ich mit neuen Menschen zu tun habe, sei es nach einem Umzug, an einer neuen Arbeitsstelle, im Urlaub oder bei Freizeitaktivitäten, falle ich auf, weil ich Französin bin. Dies vergesse ich allerdings immer wieder. Ich lebe und arbeite schon so lange hier in Deutschland, dass ich nicht mehr daran denke. Für viele bin ich aber etwas Besonderes, deshalb wollen sie mich kennenlernen. Nicht weil ich ICH bin, sondern weil ich Französin bin. Etwas Besonderes halt. Früher erlebte ich solche Situationen als enttäuschend oder kränkend. Manchmal auch als lästig. Ich wurde dem, was ich zu jener Zeit als Verhör empfand, unterworfen: «Wo kommen Sie her?» «Wie lange wohnen Sie schon hier?» «Was hat Sie nach Deutschland gebracht?» Und so weiter und so fort.

Damals traute ich mich nicht zurückzufragen. Es wäre mir viel zu indiskret gewesen. Ich dachte, meine Gesprächspartner würden von sich aus erzählen. Machten Sie leider nicht. Sodass das Frage-und-Antwort-Spiel weiterhin in nur einer Richtung durchgeführt wurde, und es für mich zusehends unangenehmer wurde.

Heute ist es anders: Nachdem ich erklärt habe, woher ich komme, erwidere ich: «Und Sie? Wo wohnen

Sie?» Zum Glück bin ich nicht mehr so schüchtern. Ja, zum Glück, denn dadurch erfahre ich oft von interessanten Lebensgeschichten.

An diese Gesprächseröffnung schließt sich die andere Fragenserie an: «Ich war schon da und da in Frankreich. Kennen Sie diesen Ort?» «Ich habe eben das Buch von folgendem Autor gelesen / die Ausstellung dieses Künstlers oder jener Künstlerin besucht. Haben Sie schon davon gehört?» «Was halten Sie von dieser politischen Entscheidung in Frankreich?»

Hey, Leute! Ich bin nur Französin. Ich weiß nicht ALLES über Frankreich! Früher habe ich versucht, solche

Situationen zu vermeiden. Erfreulicherweise ist der Mensch entwicklungsfähig. Irgendwann sah ich solche Fragerunden als Smalltalk, als Chance zur ersten Kontaktaufnahme an. Meine Gesprächspartner bekamen damit die Möglichkeit, mich anzusprechen, mich erst mal flüchtig kennenzulernen. Später wurden tiefere Gespräche geführt. Daraus entwickelte sich ab und zu ein regelmäßiger Austausch und hin und wieder sogar Freundschaft.

Jetzt bin ich für erste Kontakte offener geworden und kann sogar sagen, dass ich sie inzwischen schätze. Wenn mich Leute, nachdem sie mich sprechen gehört haben, fragen: «Könnte es sein, dass Sie aus Frankreich kommen?», antworte ich schmunzelnd: «Sagen Sie bloß, ich habe einen Akzent!» Wir lachen kurz, und schon ist das Eis gebrochen und die Tür für ein unterhaltsames Gespräch geöffnet.

Ja, so einfach kann der erste Kontakt sein.

Ausländerin und Ausländerin

Mehrmals wurde ich Zeugin, wie unterschiedlich in Deutschland mit Ausländerinnen und Ausländern umgegangen wird, je nachdem aus welchem Land sie kommen. Beziehungsweise wie mit mir umgegangen wird, bis sich herausstellt, aus welchem Land ich tatsächlich komme. 1985, ein Jahr nach meinem Umzug von Frankreich nach Hannover, musste ich einen deutschen Führerschein beantragen. Es war noch lange, bevor in Europa einheitliche Reisepässe eingeführt wurden. Damals waren die französischen *passeports* blau und etwas größer als die jetzigen EU-Pässe.

Ich ging also zum Amt. Die Mitarbeiterin würdigte mich kaum eines Blickes und fragte nach meinem Ausweis. Ich gab ihr meinen blauen Reisepass. Ziemlich unfreundlich sagte sie mir, ich solle «dort» sitzen und warten, bis sie mich rufen werde. Als ich an die Reihe kam, sprach sie plötzlich zuckersüß mit mir und entschuldigte sich. «Es tut mir leid! Ich dachte, Sie wären Polin. Die haben nämlich auch blaue Reisepässe. Ich habe Sie verwechselt. Sie verstehen ... Es sind so viele davon hier!» Nein. Tut mir leid, für so etwas habe ich kein Verständnis! Ich war dieselbe Person mit demselben freundlichen Umgangston. Und nur weil ich Französin statt Polin bin, soll ich anders behandelt werden? Das darf nicht wahr sein! Leider «darf» es oft wahr sein.

Während meines Studiums war ich oftmals mit einer Kommilitonin aus der Türkei unterwegs. Da sie als Kind nach Deutschland kam, sprach sie – trotz Akzent – perfekt Deutsch. Dennoch wurde sie geduzt und schlechter behandelt als ich. Manchmal redeten die Leute sogar gebrochen Deutsch mit ihr: «Du das machen.» Und so weiter. Bei mir lief es ganz anders. Sobald die Leute hörten, dass ich aus Frankreich kam, wurden sie höflicher. Sie siezten mich und meinten oft dazu: «Leider spreche ich kein Französisch». Wie bitte?

ICH bin in Deutschland. ICH sollte daher ihre Landessprache lernen, nicht sie die meine. Ich kann doch nicht erwarten, dass meine Gesprächspartner meine Muttersprache beherrschen. Wieso entschuldigen sie sich?

Noch heute, wenn ich nachfrage und mich entschuldige, weil ich nicht sicher bin, ob ich etwas richtig verstanden habe, höre ich oft eine ähnliche Variante, und zwar: «Ach, das macht nichts. Wenn ich nur so gut Französisch könnte wie Sie Deutsch ...» Es ist vielleicht nett gemeint, aber nett wäre wirklich, wenn diese Personen dasselbe auch zu Menschen aus Polen oder der Türkei sagen würden. Dann ja!

Als Sozialpädagogin hatte ich vier Jahre lang mit Langzeitarbeitslosen zu tun. Einige waren Spätaussiedlerinnen und Spätaussiedler. In Russland wurden sie als deutsche Faschisten beschimpft. Und jetzt in Deutschland geht es ihnen nicht unbedingt besser. Obwohl ihnen die deutsche Staatsangehörigkeit bei ihrer Ankunft in Deutschland offiziell erteilt wurde, wird sie in ihrem Alltag überhaupt nicht anerkannt. Sie werden oft als «Sch...-Russen, die zu viele Vorteile bekommen», sehr ungerecht behandelt. Welche Geschichten ich in den vier Jahren zu hören bekam! Unglaublich und vor allem traurig!

Wenn ich heute allgemeine und unbegründete Sprüche über Ausländer höre, frage ich am liebsten mit Unschuldsmiene: «Oh! Haben Sie etwas gegen Ausländer?» «Nein, nein.», bekomme ich dann als Antwort, «ich meinte nur ...» Und dann kommt irgendeine fadenscheinige Ausrede. Ich freue mich, wenn ich diese Menschen – leider nur für einen kurzen Moment, aber, wer weiß, vielleicht auch für längere Zeit – durcheinanderbringe. Ich kann es mir leisten. Es ist wirklich keine Heldentat. Ich gehe kein großes Risiko ein. Ich bin doch keine «richtige» Ausländerin. Ich komme aus Frankreich.

Heute noch, wenn ich zum ersten Mal bei irgendeiner Behörde oder Amt vorsprechen muss, bin ich zu Beginn des Gesprächs häufig etwas verunsichert. Ich weiß nicht genau, wie ich anfangen soll, und biete entsprechend wirklich nicht mein bestes Deutsch dar. Dann bekomme ich den schon bekannten grimmigen Ausdruck der Mitarbeitenden zu sehen. Aber ich kann inzwischen damit umgehen. Ich wende nämlich meine «Zauberformel» an: «Entschuldigung, ich kenne die Fachwörter nicht. Ich bin Französin.» Es wirkt Wunder! Die Gesichter hellen sich auf, und meine Ansprechpartner und -partnerinnen werden sofort hilfsbereit und so was von geduldig. Die reinsten Engel!

Und … ähm … ja, ich gebe es zu. Ich bin keine Heldin. Ich nutze diesen kleinen Bonus manchmal schon aus.

Alkoholkonsum

Schauen wir uns die Statistik über Alkoholkonsum in Europa an, stellen wir fest, dass Deutschland und Frankreich nicht sehr weit voneinander entfernt sind. Je nach Quelle steht Frankreich vor oder nach Deutschland. Trotzdem konnte ich, als ich deutsch-französische Seminare leitete, immer wieder die gleichen Bemerkungen hören. Einige Deutsche waren etwas besorgt oder schockiert, denn: «Die Franzosen trinken ganz schön viel, sie fangen sogar schon mittags an!», war ihre Beobachtung. Ja, es stimmt. Sowohl mittags wie abends wird in Frankreich gerne zum Essen Wein getrunken. Der Appetit wird sogar eventuell noch vorher durch einen Aperitif angeregt.

Amüsant finde ich, dass die französischen Teilnehmenden mit ähnlichen Befürchtungen zu mir kamen. Auch sie machten sich Gedanken über den Alkoholkonsum ihrer Kollegen. «Die Deutschen trinken ganz schön viel. Sogar bis spät am Abend.» Ja, auch das stimmt. Abends sitzen viele Deutschen gerne zusammen, holen eine Flasche Wein, genießen sie noch gemütlich zusammen und unterhalten sich dabei über Familie, Freunde, Arbeit und Gott und die Welt. Nur das Wann und das Wie sind also anders, die

Menge des getrunkenen Alkohols ist eigentlich fast die gleiche.

Ein Seminarteilnehmer hatte die Situation gut erkannt. An einem Abend teilte er mir mit: «Bei deutsch-französischen Begegnungen bin ich immer besoffen. Mittags fang' ich mit den Franzosen an und am Abend trinke ich mit den Deutschen weiter.»

Alsace oder Elsass?

Nachdem wir ein Jahr im Stadtteil Herrenhausen verbracht hatten, zogen mein Freund und ich innerhalb von Hannover in eine Wohngemeinschaft in der Nähe der Fachhochschule, in der ich begonnen hatte zu studieren. Wir hatten je ein eigenes Zimmer in einem Einfamilienhaus, das wir uns mit einer Frau, einem Ehepaar und einer Katze teilten. Das Haus hatte noch dazu einen wunderschönen Garten. Es schien sehr gemütlich zu sein. Wir dachten, wir hätten ein traumhaftes Zuhause gefunden.

Leider gehörte das Haus dem Ehemann. Er glaubte, er müsste alles wissen und bei jeder Entscheidung das letzte Wort haben, was das Zusammenleben nicht wirklich vereinfachte. Recht schnell fühlten wir uns dort unwohl, denn der Hausbesitzer entpuppte sich nicht nur als Besserwisser, sondern auch als Choleriker. Ich konnte besser verstehen, warum und weshalb er so schwierig war, als wir eines Tages Besuch von seinem Vater bekamen. Er war auch nicht ohne. Als sein Sohn uns vorstellte und dabei erwähnte, dass ich Französin sei, drehte sich der ältere Herr zu mir und bemerkte mit barschem Ton: «Wissen Sie, Fräulein, ich bin heute immer noch der Meinung, dass Elsass und Lothringen Deutschland

gehören sollten.» Ich war so einge-
schüchtert, dass ich nur «von mir
aus» über die Lippen bekam.

Erst später fiel mir die humorvolle
Sichtweise von Jean Dutourd zu diesem Thema wieder ein. Der französische Schriftsteller meinte, wir hätten
einander viele Kämpfe und Kriege
sowie den Menschen dieser Regionen
unermessliches Leid ersparen können, wenn beide Regierungen nur die
Landkarte von Frankreich besser an-
geschaut hätten. Aus ästhetischer
Sicht gebe es gar keinen Zweifel daran, dass Elsass und Lothringen
französisch bleiben sollten: Frankreich würde nämlich ohne die Departements dieser Regionen gar
nicht schön aussehen. Da würde

doch etwas fehlen.

Jean Dutourd, der auch als Journalist tätig war, konnte es sich leisten, so ironisch mit diesem heiklen Thema umzugehen. Seine Mutter war Elsässerin, und er selber war während des Zweiten Weltkriegs im Widerstand aktiv.

Der Vater unseres Mitbewohners, der zu Kaffee und Kuchen eingeladen war, ignorierte mich während des restlichen Nachmittags einfach. Mir war es recht. Ich fand diesen Herrn sehr kalt und unangenehm.

Später habe ich immer wieder ähnlich ungemütliche Situationen erlebt. Inzwischen konnte ich mich besser auf Deutsch ausdrücken und wurde auch souveräner im Umgang mit diesem Thema. In solchen Fällen war es für mich hilfreich, an meine Oma zu denken: Obwohl sie zwei Kriege erlebt und im Ersten Weltkrieg ihre beiden noch jungen Brüder verloren hatte, war sie bereit, nach dem Zweiten Weltkrieg den Säugling einer «deutschen» Frau aus dem Elsass zu stillen. «Der Bub kann doch nichts dafür», so ihre Erklärung. Später wurde diese Frau ihre beste Freundin, und deren Sohn war fast ein Onkel für uns. Er war ja so was wie der Halbbruder unseres Vaters, wurde er doch mit derselben Milch großgezogen.

Erst vor Kurzem ist mir klar geworden, dass diese Dame eigentlich keine Deutsche war. Da ihr Sohn so alt wie mein Vater war, bedeutet es, dass sich diese Geschichte 1926 ereignete. In dieser Zeit war das Elsass durch den Versailler Vertrag von 1919 schon seit sieben Jahren französisch, und die Dame dadurch eine Französin. Aber oft dauert es lange, bis das, was auf dem Papier steht, auch im Kopf der Menschen seinen Platz findet.

Als ich 1983 meiner Oma meinen deutschen Freund vorstellte, sagte sie beim Abschied: «Er scheint ein netter ‹Fridolin› zu sein.» Sie bat mich, ein Jahr zu warten, bevor ich an Kinder dächte. «Nur um sicher zu sein, dass er der Richtige ist», war ihr Kommentar. Wenn ich mit einem Franzosen liiert gewesen wäre, hätte sie mir allerdings genau dasselbe empfohlen. Eine kluge und weise Frau, meine Oma.

In unserer Familie wurde überdies oft die Geschichte eines Bekannten meines Vaters erzählt. Dieser Mann verbrachte während des Zweiten Weltkriegs mehrere Jahre in einem Konzentrationslager. Als er wieder nach Hause kam, war er schwach und auf 35 Kilo abgemagert. Dennoch war sein erstes Anliegen, ein Partnerschaftsprogramm zwischen dem *aeroclub* seiner Heimatstadt und dem einer deutschen Stadt auf die Beine zu stellen. «So etwas darf nie wieder passieren!», waren seine Worte. Es hat etliche Jahre gedauert, bis sein Wunsch in Erfüllung ging. Die Behörden machten es ihm nicht leicht. Aber er gab nicht auf, und irgendwann fingen Hobbypiloten aus Landau, einer kleinen Stadt in der Pfalz, an, sich mit Gleichgesinnten aus meiner Heimatstadt ein- bis zweimal jährlich zu treffen. Darunter auch mein Vater.

Deshalb konnte ich den Vater meines Mitbewohners schlecht verstehen. Wie konnte jemand vierzig Jahre nach Kriegsende immer noch Groll gegen das heutige Frankreich hegen? Und gegen mich? Ich konnte doch nichts dafür!

In der Hausgemeinschaft sind wir übrigens nicht lange geblieben. Vier Monate später waren wir schon wieder ausgezogen.

Englisch sprechen in Deutschland

Als ich nach Deutschland kam, sprach ich nicht nur fließend Englisch, ich habe es auch sehr gerne getan. Ich denke, ich war ziemlich gut, hatte ich doch im Abitur 17 von 20 Punkten bekommen. Außerdem verbrachte ich vier Monate in einem Kibbuz in Israel, wo ich mit Menschen aus zahlreichen Ländern arbeitete. Wir verständigten uns dabei auf Englisch. Da viele *volunteers* aus England, Schottland, Irland, Australien und den USA kamen, gewöhnte ich mich schnell an ihre unterschiedlichen Akzente. Bald konnte ich mich mit Ihnen nicht nur in Zweiergesprächen, sondern auch in der Gruppe unterhalten. Eine wunderbare Schule war dies! Ich liebte es, in dieser Sprache zu diskutieren. Sie war außerdem sehr nützlich, denn als ich meinen Exmann kennenlernte, konnte er damals kaum Französisch, und ich gar kein Deutsch. Gut, dass wir uns wenigstens auf Englisch unterhalten konnten.

Einige Monate nach meiner Ankunft in Deutschland veränderten sich meine Fähigkeiten, mich auf Englisch auszudrücken, erheblich. Ich stellte plötzlich fest, dass ich den deutschen Satzbau übernahm. Außer-

dem tauchten kleine deutsche Wörter wie und, oder, aber, also ständig
in meinen englischen Sätzen auf,
und die Verben bekamen eine «en»-
Endung. Ich sagte nicht mehr *we
come,* sondern *«we comen»,* weil ich
sonst den Eindruck hatte, dass etwas fehlte. Da ich immer seltener
die Möglichkeit bekam, Englisch zu
sprechen, wurde dies nicht besser.
Jahre später fuhr ich mit Freunden
und Bekannten in den Urlaub. Im
Auto unterhielten wir uns irgendwann über die Musik unserer Jugend.
Als ich irgendwann einen englischen
Titel erwähnte, wurde ich mit einem
«Ach! Die Franzosen können sowieso
kein Englisch!» wegen meiner Aussprache ausgelacht. Es wurde nicht

gemeinsam, sondern richtig herablassend über mich gelacht, was äußerst unangenehm für mich war. Da ich ähnliche Situationen leider mehrfach erlebt hatte, traute ich mich nur noch selten, in Anwesenheit deutschsprachiger Personen auch nur ein Wort in dieser fremden Sprache zu äußern. Ich vermied es, und sagte sogar manchmal, dass ich kein Englisch könne. Die Leute glaubten das, denn jeder weiß doch, dass «Franzosen alles andere als sprachbegabt sind», oder?

Vor einigen Monaten hörte ich bei einer Musiksendung im Fernsehen, wie der britische Sänger Olly Murs sich so vorstellte: «Mein Name ist Olly Murs, nicht M[u]rs und nicht M[a]rs, sondern ganz einfach M[ö]rs.» Zuerst dachte ich: Wieso sagt er das? Dann erinnerte ich mich an eine Situation, die ich erlebt hatte: An meiner Arbeitsstelle planten wir eine größere Veranstaltung und stellten sie einer Gruppe vor. Wir wollten so was wie einen Pendelverkehr organisieren. Aus Platzmangel stand auf dem Flyer das englische Wort dafür. Etwas unsicher – ich mied ja schon lange Englisch in der Öffentlichkeit – las ich es schnell vor und bekam prompt als Rückmeldung: «Ich finde es so süß, wie Sie Shuttle-Bus ausgesprochen haben.»

«Wieso?», fragte ich.

«Es heißt doch nicht Sh[ö]ttle-B[ö]s, sondern Sh[a]ttle-B[a]s», erklärte mir die Kollegin.

Bald hörte ich erneut: «Ah, ah, ah … Franzosen … Englisch …»

Och nee, Leute! Nicht schon wieder! Neulich habe ich eine Lehrerin für Französisch und Englisch kennengelernt, die schon in Frankreich, Irland und England gelebt hat. Nun wohnt sie in Deutschland.

Da musste ich die Gelegenheit nutzen und mich erkundigen. Sie bestätigte es mir: In den französischen Schulen lernen wir, das englische «u» als [ö] auszusprechen. In Deutschland wird es allerdings wie [a] ausgesprochen. Das Wort *bus stop* wird uns deshalb, je nachdem auf welcher Seite des Rheins wir groß werden, als [bös stop] oder [bas stop] beigebracht. Entgegen dem, was ich bisher in Deutschland immer wieder zu hören bekam, sind beide Aussprachen richtig. In England, Amerika und anderen englischsprachigen Ländern gibt es – so wie in Deutschland – unterschiedliche Regionen, die selbstverständlich unterschiedliche Akzente und durchaus unterschiedliche Aussprachen haben. Entsprechend treffen sich die Jugendlichen dort am [bas stop] oder am [bös stop]. So einfach ist das!

Inzwischen gehe ich viel souveräner mit der Situation um und bekomme langsam wieder Lust, Englisch zu sprechen. Wenn ich mich über Book-crossing unterhalte, und das Wort «Meet-up» statt «Treffen» benutzen möchte, habe ich einen Weg gefunden: Ich betone «Meet-[AP]» und ergänze es manchmal mit einem «wie die Deutschen sagen». Dabei lächle ich und bin bereit für eventuelle Nachfragen.

Also, liebe Englisch sprechende Deutsche, die sich gern über uns lustig machen, ich habe eine große Bitte an Sie: Zeigen Sie bitte, bitte in Zukunft einen Hauch mehr Toleranz und Verständnis, wenn Sie meine Landsleute das englische «u» als [ö] sprechen hören. Es ist nicht falsch, es ist nur … anders, als Sie es gewohnt sind. Und wenn wir nicht so wie Sie Englisch sprechen: Es ist nicht schlimm. Hauptsache wir schaffen es, uns zu verständigen. Oder?

Zu welcher Gruppe gehöre ich?

Von 1984 bis 1993 war ich ehrenamtlich in der deutsch-französischen Jugendarbeit sehr engagiert. Zuerst als Betreuerin von Feriencamps, bald aber übernahm ich die Organisation von deutscher Seite aus. Später bot ich Fortbildungsseminare für Menschen an, die in der deutsch-französischen Jugendarbeit tätig waren. Zuerst zur allgemeinen Jugendarbeit, dann spezialisierte ich mich auf das Thema Sprachanimation. Dabei begleitete ich weiterhin Jugendbegegnungen, um den Kontakt zur Praxis nicht zu verlieren.

Sehr neugierig und gespannt war ich, als ich an meinem ersten Vorbereitungsseminar vom deutsch-französischen Jugendwerk teilnahm. Wir bekamen vorab allgemeine Informationen zum Thema Jugendarbeit. Bevor wir uns im großen Kreis über die unterschiedlichen pädagogischen Methoden austauschten, sollten wir uns zuerst in nationalen Gruppen damit auseinandersetzen. Da ich Französin bin, ging ich selbstverständlich zur französischen Gruppe.
Tja, so einfach war es aber nicht. Ich bin zwar Französin, studierte allerdings Sozialpädagogik in Deutschland und hatte den größten Teil

meiner Erfahrung als Gruppenleiterin und Betreuerin bei der Arbeiterwohlfahrt gesammelt, mit der ich mich inhaltlich sehr gut identifizieren konnte.

In Frankreich läuft die Ausbildung als *monitrice* oder *directrice* aber ganz anders als hier. Vor allem die Aktivitäten für die Jugendlichen werden anders angeboten als in Deutschland. Es gibt ein größeres Pflichtprogramm. Ich vertrat bei vielen Punkten eine völlig andere Meinung als meine französischen Kollegen. Bald stellten wir aber fest, dass wir in unserer nationalen Gruppe eine deutsch-französische Diskussion führten. Ich informierte das Leitungsteam, und wir entschieden, dass ich ausnahmsweise bei der nationalen Gruppenarbeit zu den Deutschen gehe.

Das klang gut. Hätte auch wunderbar klappen können, wenn Walter nicht dabei gewesen wäre: Walter war eine ganz liebe Person und hatte tolle Ideen, die er rüberbringen wollte. Dagegen war auch nichts einzuwenden. Aber ... Walter kam aus ... Bayern! Au weia!

Sein Dialekt stellte eine große Herausforderung für mich dar, der ich leider nicht gewachsen war. Ich fragte ihn, ob er vielleicht versuchen könne, Hochdeutsch zu sprechen: «Wenn Du Bayerisch sprichst, verstehe ich nichts.»

«Oh!», erwiderte er, «und nichts ist ganz schön wenig!»

Nachher ging es zum Glück besser. Ich konnte in der deutschen Gruppe bleiben, und wenn ich etwas nicht verstand, fragte ich einfach nach. Das Seminar verlief anschließend reibungslos.

Was zuerst ein Nachteil schien – als Französin eher hinter deutschen Methoden zu stehen –, stellte sich später als großer Vorteil für meine weiteren deutsch-französischen ehrenamtlichen Tätigkeiten heraus: Da ich selbst in Frankreich groß geworden bin und als Kind beziehungsweise Jugendliche meinen Urlaub in unterschiedlichen Feriencamps verbracht hatte, war mir das französische Frei-zeitsystem vertraut. Deshalb konnte ich die Einwände unserer französi-schen Partner sowie die der Jugend-lichen sehr gut nachvollziehen. Da ich allerdings in Deutschland tätig war und Sozialpädagogik studierte, dachte ich eher wie eine deutsche Betreuerin. Ich konnte damit sowohl die französische als auch die deut-sche Sichtweise verstehen und des-halb bei Problemen ziemlich gut vermitteln. Mir wurde außerdem bei Konflikten nicht vorgeworfen, Partei zu ergreifen. Sowohl die Deutschen als auch die Franzosen fühlten sich von mir gerecht vertreten.

Na, also! Alles hat seine Vorteile!

Essen bei deutsch-französischen Jugendfreizeiten

Bei deutsch-französischen Jugendbegegnungen fällt das Aufeinanderprallen zweier verschiedener Kulturen besonders bei den Mahlzeiten auf. Wenige Jugendliche sind bereit, sich in diesem Bereich auf Kompromisse einzulassen. Sie verbringen ihre binationale Freizeit in Deutschland oder Frankreich, sind offen für neue Erfahrungen, wollen sich bemühen, die anderen zu verstehen. Was jedoch die Mahlzeiten betrifft ... nee! Da bleiben sie am liebsten ihren

Gewohnheiten treu und essen das, was sie von zu Hause kennen.

Bei den Begegnungen, die ich begleiten durfte, wollten die meisten Franzosen «ihre» Butter und Marmelade zum Frühstück, und viele Deutsche waren sauer, wenn nicht Käse und Wurst auf dem Tisch standen. Am Abend konnten die Franzosen nicht glauben, dass das Essen nicht warm war und vor allem dass «nur» Brot, Käse und Wurst angeboten wurden. Als Vorspeise, na gut, warum nicht, aber was kommt denn anschließend? Bei einem Zeltlager in Norddeutschland gab es dazu eine Möhre auf jedem Teller. Eine Möhre! Einfach so! Nicht mal geraspelt als Salat. Nein, nur so!

Ganz natürlich und ungeschält! Da war Drama angesagt: Es sei eine Zumutung! So was könne man doch nicht essen, meinte die Mehrheit der Franzosen.

In Ferienlagern mit Selbstverpflegung lief es zwar etwas anders, aber auch nicht ganz problemlos. Bei einer Jugendbegegnung war die Vorgabe ganz klar: Jede Gruppe musste aus zwei Nationalitäten bestehen und sich für die Dauer der Freizeit zwei bis drei Menüs ausdenken, die sie später gemeinsam zubereiten würde. Es war jedes Mal interessant zu beobachten, wie sich die Diskussion bis zur Entscheidung entwickelte. Ich habe diese Phasen immer mit viel Freude verfolgt: Erst mal machten alle in ihrer Muttersprache Vorschläge. Als sie merkten, dass die Hälfte der anderen nicht verstehen konnte, welche Ideen sie hatten, versuchten sie, sich miteinander auszutauschen. Und zwar mithilfe ihrer Fremdsprachenkenntnisse, die selten ausreichten. Irgendwann kam die Gestenkommunikation zum Einsatz, oder sie zeichneten, was sie meinten. Ein Weg wurde immer gefunden: Egal wie lange es dauerte, am Ende schaffte es jede Gruppe, zu kommunizieren. Nun war endlich alles klar! Sie hatten sich für ihre drei Menüs entschieden. Was für eine Leistung!

Später allerdings war die Überraschung groß. Nämlich als es daran ging, praktisch umzusetzen, was sie auf dem Papier so schön festgehalten hatten. Ein «einfacher» Kartoffelsalat wird zum Beispiel, je nachdem ob man sich in Deutschland oder in Frankreich befindet, ganz anders zubereitet. Und damit fingen die Probleme an: Äpfel kommen nicht in den französischen Kartoffelsalat, Zwiebeln selten in den deutschen. Wieso schmeckt die deutsche Mayonnaise süßer als die französische? Mayonnaise ist doch Mayonnaise, oder? Nicht selten war deshalb das servierte Essen das Ergebnis der Kochkünste zweier Esskulturen. Eine sehr interessante Mischung. Es kam gelegentlich vor, dass die Teilnehmenden sich nicht einigen konnten und zwei Töpfe auf den Tisch stellten. Zuerst wollte keiner der Jugendlichen vom Essen der anderen kosten ... probierte doch ... und fand, dass es «gar nicht sooo schlecht schmeckt».

Wir von Team freuten uns sehr. Wir sahen solche Ereignisse als Erfolg für unsere binationalen Ferienlager. Waren dies doch wichtige Schritte des interkulturellen Austauschs!

Im Restaurant

Waren Sie schon einmal mit Freunden oder Bekannten in einem Café oder in einem Restaurant? Bestimmt. Ob die Szene sich in Frankreich oder in Deutschland abspielt, ist leicht zu erkennen, wenn die Rechnung kommt. Na ja, genau genommen, auch schon einen Tick früher: Nämlich wenn wir mit dem Essen fertig sind. In Frankreich wird erst abgedeckt, wenn alle aufgegessen haben oder nicht weiter zu speisen wünschen. In Deutschland habe ich häufig erlebt, dass bei denjenigen, die mit dem Essen fertig sind, bereits abgeräumt wird, obwohl die anderen noch essen.

Früher hat es mich schockiert und gestört. Als Genießerin bin ich etwas langsamer und brauche einfach mehr Zeit. Ich hätte in solchen Situationen allein weiteressen müssen. Da ich es als ungemütlich empfand, legte ich mein Besteck auf den Teller, um damit zu signalisieren, dass auch ich fertig sei. Ich war zwar etwas frustriert, aber es war mir lieber so, als allein essen zu müssen.

Irgendwann fand ich es nicht mehr störend, wenn mein leerer Teller frühzeitig entfernt wurde. Es war mir sogar angenehm. Ich denke, dieser Zeitpunkt kam, als ich anfing – so wie «die Deutschen» –, nach dem Essen meinen Wein in Ruhe weiterzutrinken. Ich genoss es also, mehr Platz zur Verfügung zu haben: für mein Glas, das nicht mehr so weit von mir entfernt stehen musste, und für meine Hände, die sich freier über den Tisch bewegen konnten. Ja, als Französin begleiten immer noch meine Hände das Gesagte.

Ob wir uns in einer Gaststätte in Frankreich oder in Deutschland befinden, zeigt sich, wie schon erwähnt, sehr deutlich, wenn die Rechnung beglichen werden muss: In Frankreich kommt die angeforderte *addition* ohne Kommentar auf den Tisch. Eine Person aus der Runde übernimmt oder alle «schmeißen zusammen», und schon ist es erledigt.

In Deutschland fragt die Bedienung erst mal: «Zusammen oder getrennt?» Und damit fangen bei deutsch-französischen Gruppen die Missverständnisse an.

Früher war es für mich – wie für viele meine Landsleute – unmöglich, «getrennt» zu antworten. Ich übernahm deshalb in der Regel die Rechnung und dachte – besser gesagt hoffte –, dass meine Bekannten beim nächsten Treffen mich einladen würden. Falsch gedacht! Beim folgenden Zusammentreffen spielte sich genau die gleiche Szene ab. Beim übernächsten übrigens auch! Wenn ich es allerdings schaffte, mich nicht zu melden, hörte ich eine Person aus der Gruppe ganz locker «getrennt» antworten.

Und so war auch das erledigt.

Bei den deutsch-französischen Begegnungen, an denen ich teilnahm, kam dieses Thema häufig zur Sprache. Viele Franzosen waren gekränkt oder sogar sauer. Sie fanden die Deutschen geizig, egoistisch und nicht sehr *conviviale* (gesellig). Äußerungen wie «Die Deutschen lassen sich immer einladen!», «Sie nutzen die anderen aus!» oder «Nie geben sie einen aus!» waren nicht selten zu hören.

Und die Deutschen? Sie verstanden nicht, was los war, und fielen aus allen Wolken. Sie hatten es nicht böse gemeint, sie hatten es nicht mal gemerkt! Tja! Andere Länder, andere Sitten. Nach einigen Jahren in der deutsch-französischen Jugendarbeit genoss ich es, solche Situationen zu beobachten, und wartete einfach ab, wie sich die Dinge entwickeln würden. Eine meiner Lieblingserinnerungen zu diesem Thema erlebte ich in Paris: Wir waren zwischen 15 und 20 deutsch-französische Seminarteilnehmende in einem Café und baten den französischen Kellner, die Rechnung getrennt begleichen zu können. Unglaublich, was ein Gesicht ausdrücken kann: Von Überraschung, Überforderung, Empörung, Zorn bis zur Resignation war darin alles nacheinander zu lesen. Faszinierend!

Jetzt, nach drei Jahrzehnten in Deutschland, schaffe ich es zwar, eine getrennte Rechnung zu verlangen, aber so locker bringe ich es noch nicht wirklich über meine Lippen. Ich übe noch.

Da die Frage, WER die Rechnung übernimmt, nun beantwortet wurde, muss nur noch das WIE geklärt werden. In Frankreich wird das Geld für die angeforderte *addition* auf das Tellerchen gelegt. Der *garçon* holt es ab und bringt das Restgeld zurück. Man geht und lässt das *pourboire* (Trinkgeld) einfach auf dem Tisch liegen. In Deutschland wird die Summe entweder selber vom Bon abgelesen oder von der Bedienung genannt. Der oder die Zahlende nennt den aufgerundeten

Betrag und bekommt das Restgeld zurück.

Als ich vor ein paar Jahren eine Freundin in Frankreich ins Restaurant einlud, vergaß ich diesen Unterschied. Ich übernahm also die (nicht getrennte) Rechnung und nannte der Kellnerin die Summe, die ich zu zahlen wünschte. Meine Freundin meinte, es sei nicht zu übersehen, dass ich jetzt schon lange in Deutschland lebe. Mein Benehmen war ihr peinlich gewesen, denn über Trinkgeld wird in Frankreich nicht gesprochen.

Nun wissen Sie also Bescheid und können bei Ihrem nächsten Restaurantbesuch in Frankreich oder mit Franzosen und Französinnen ALLES richtig machen. Es bleibt mir nur noch, Ihnen viel Freude zu wünschen und ... *bon appétit!*

Ausländische Kollegin

Eine Ausländerin als neue Kollegin zu haben scheint für manche reizvoll zu sein. Es bringt etwas Farbe in die Einrichtung: «Wissen Sie, wir hatten sogar schon eine Praktikantin aus Korea.», bekam ich mal zu hören. Eins durfte ich allerdings bald feststellen: Gerade die Leute, die anfangs am meisten Begeisterung zeigen, entpuppen sich oft als Personen, die später – wenn der Reiz des Neuen nachlässt – am wenigsten Geduld zeigen.

Folgendes musste ich mehrmals erleben: Wenn ich etwas nicht sofort verstand oder einfach Unterstützung brauchte, hörte ich von diesen Menschen: «Fragen Sie Frau Müller. Ich habe jetzt keine Zeit, es Ihnen zu erklären» oder «Ach, es war nicht so wichtig».

Schlimm fand ich besonders, wenn Kollegen, nachdem sie feststellten, dass Ihnen ein Missgeschick unterlaufen war, mir vor anderen Personen – am liebsten vor Vorgesetzten – vorwarfen: «Nein, Frau Lestrat, so was habe ich nie gesagt. Da haben Sie mich aber falsch verstanden.»

Auch wenn ich mich an die Formulierung erinnern konnte und den genauen Wortlaut noch im Kopf hatte. Da hatte ich keine Chance. Keine

Chance! Andere Ausländerinnen und Fremdsprachige haben mir von ähnlichen Erfahrungen berichtet. Leider wird in solchen Fällen eher den Muttersprachlern geglaubt. Das ist so unfair.

Wenn ich bei Vorstellungsgesprächen merkte, dass mir eine Arbeitsstelle gefiel, und die Einrichtung Interesse an mir zeigte, sprach ich das Thema Rechtschreibung offen an. Ich erwähnte, dass mein schriftliches Deutsch zwar besser sei als mein mündliches, betonte allerdings, dass ich nie sicher sein könnte, ob ein von mir verfasster Text fehlerfrei sei. Für interne Notizen finde ich es nicht so schlimm. Wenn jedoch ein Dokument außerhalb der Einrichtung verschickt wird, habe ich einen ziemlich hohen Anspruch. Ich bin der Meinung, dass es keinen Fehler beinhalten darf, denn es repräsentiert die Firma nach außen. Später weiß niemand mehr, dass eine Französin den Bericht verfasst hat. Rechtschreibfehler hinterlassen keinen guten Eindruck, finde ich. Deshalb erkundigte ich mich, ob es in solchen Fällen möglich sei, Unterstützung von einer Kollegin oder einem Kollegen zu bekommen.

Nur ein einziges Mal erklärte mir ein Arbeitgeber, dass dies ein zu großes «Logistikproblem» darstellen würde, da das Verfassen von Berichten ein erheblicher Anteil der ausgeschriebenen Arbeitsstelle war. Anderswo wurde mir zugesichert, dass dies kein Problem sei. Klang wunderbar!

Die Realität erwies sich übrigens in einem Fall als völlig anders. Einmal bekam ich von einer Chefin einen Brief über den Schreibtisch geworfen mit der Bemerkung: «Suchen Sie selber nach Ihren Fehlern. Ich habe keine Lust mehr, sie zu korrigieren!» Na, toll! Eben DAS kann ich nicht. Sonst würde ich nicht fragen.

Erfreulicherweise durfte ich auch reichlich liebevollere Erfahrungen sammeln. Wenn die Sekretärin meiner bisher besten Arbeitsstelle nicht da war und ich das Geschriebene schnell zu bearbeiten hatte, musste ich eine andere Lösung finden: Ich fragte die erstbeste Person, die gerade an meinem Büro vorbeiging: «Entschuldigung. Hättest Du eventuell ein paar Minuten Zeit, um zu schauen, ob in diesem Text Fehler sind?» Fast immer bekam ich ein «Klar!» zu hören, und als ich mich am Schluss bedankte, kam häufig noch dazu: «Du, es ist kein Problem. Du kannst jederzeit zu mir kommen.» Oh, tut das gut, solche Menschen um sich zu haben!

Ich hatte das große Glück, in mehreren Betrieben angestellt zu sein, in denen ein wertschätzendes Arbeitsklima herrschte. Mein Deutsch ist nicht perfekt. Na und? Dafür habe ich aber andere Stärken. Wir können uns also wunderbar ergänzen.

Eine Zeit lang arbeitete ich als Betriebsakquisiteurin in einem Jobcenter. Es handelte sich um ein freiwilliges Projekt zur Wiedereingliederung von Langzeitarbeitslosen in den ersten Arbeitsmarkt. Ich hatte mich über diese Stelle sehr gefreut, denn es liegt mir, Arbeitsuchende zu motivieren und Arbeitgeber zu überzeugen, ihnen eine Chance zu geben. Es ist so eine dankbare Aufgabe, beide zusammenzubringen!

Sehr schnell merkte ich allerdings, dass ich in diesem Kollegium nicht nur eine Ausländerin, sondern auch eine «Jobcenter-Externe» war. Oje! Der Anfang war wirklich nicht einfach! Ich hatte keine Ahnung von den zahlreichen Fördermöglichkeiten und Probleme mit den vielen Abkürzungen, die unter den Kolleginnen und Kollegen gang und gäbe waren. Und die Fachwörter waren auch nicht ohne!

Nach ein paar Wochen erkundigte sich ein Vorgesetzter, ob ich schon eine «Integration» hätte. Na ja, dachte ich etwas irritiert über seine Frage nach, ich wohne schon seit über 30 Jahren in Deutschland, kann fließend Deutsch sprechen, habe ein gesundes soziales Umfeld, bin beruflich sowie ehrenamtlich aktiv und habe sogar einen Kurs über die alte deutsche Schrift besucht. Also, ich finde schon, dass ich gut integriert bin. Ich suchte nach einer passenden Antwort, hörte ihn aber gleich noch mal fragen: «Und? Haben Sie schon einen Kunden in Arbeit vermittelt?»

Ach! Sooo war das gemeint. Ich lachte und sagte ihm, wie ich seine Frage verstanden hatte.

«Für mich ist es egal, ob Sie Französin oder Russin sind. Und ob Sie gut integriert sind», erwiderte er. «Bei uns geht es bei Integration nur um die Vermittlung auf dem ersten Arbeitsmarkt. Das ist alles, was zählt.»

Stimmt, die Abteilung in der ich angestellt war, hieß «Markt und Integration». Ich fand meine Verwechslung etwas peinlich, aber irgendwie auch lustig. So was kann doch passieren.

Wenn ich nach schwierigen Gesprächen mit Kunden und Arbeitgebern im Team berichtete, dass die Probleme erfolgreich geklärt und beseitigt wurden, hörte ich immer wieder, dass es an meinem charmanten französischen Akzent lag. Klar, es hatte auf gar keinen Fall mit meiner fachlichen Kompetenz zu tun. Statt mich darüber zu ärgern, antwortete ich lieber mit Humor.

Fachwörter wie die, die ich im Jobcenter gehört, gelesen, oder in der Datenbank und in Berichten verwendet habe, musste ich später nicht mehr benutzen. Aber seitdem kann ich nicht nur «sozialversicherungspflichtige Tätigkeit» ohne zu stocken aussprechen, sondern auch «daten-

schutzrechtliche Einwilligungserklä-
rung».
Ja! Eine beachtliche Leistung für eine
Ausländerin, nicht wahr?

Muss oder Lust?

Wo gehen sie bloß hin, rätselte ich, wenn immer wieder einzelne Kommilitonen aufstanden und während der Vorlesungen den Hörsaal verließen. Ich war noch neu in Deutschland, und es waren meine ersten Tage an der Fachhochschule in Hannover. Irgendwann erkundigte ich mich bei meiner Sitznachbarin. Etwas überrascht über meine Frage antwortete sie: «Aufs Klo.» Es klang so selbstverständlich. Unglaublich, dachte ich. Ich selbst hätte auch dringend die Toilette aufsuchen müssen, wäre aber nie auf die Idee gekommen, vor der Pause zu gehen.

Es wäre für mich viel zu unhöflich gewesen. Etwas respektlos dem Dozenten gegenüber. Nein, so was geht doch nicht! Genauer gesagt, so was geht in Frankreich nicht.

Denn ... schon in der Grundschule wird uns beigebracht, bis zum Unterrichtsende zu warten, bevor wir unseren Bedürfnissen nachgehen. Warum das so ist? Ganz einfach, würde ich sagen, es liegt an der Sprache. In Frankreich lernen wir bereits als Kleinkind zu sagen: *J'ai envie de faire pipi.*

Auf Deutsch übersetzt: «Ich habe Lust, Pipi zu machen.» Ja, «Ich habe Lust», und nicht «Ich muss» – so wie in Deutschland.

Sie lachen bestimmt, so wie ich auch. Aber dadurch ergeben sich in beiden Ländern erheblich entgegengesetzte Einstellungen diesem Bedürfnis gegenüber. So brisant klingt es nämlich nicht, wenn es sich nur um eine «Lust» handelt. Ein «Muss» dagegen wirkt viel unumgänglicher.

Ich kann mich sehr gut daran erinnern, wie ich immer wieder von meiner Grundschullehrerin hörte, ich sei doch groß genug, um die Pause abzuwarten. Mein Bruder hat es ähnlich erlebt. Mehrmals meldete er sich bei seiner Lehrerin, weil er «Lust» hatte. Jedes Mal bekam er als Antwort: «Warte bis zur Pause.»

Als dann die Glocke läutete, blieb mein Bruder gaaanz ruhig auf seinem Stuhl sitzen. Die *institutrice* fragte ihn: «Warum wartest Du noch, Jean-François? Jetzt kannst Du doch zur Toilette gehen.»

Er schaute sie an und antwortete gelassen: «Brauch' ich nicht mehr, hab' schon».

Ich bin ziemlich stolz auf meinen großen Bruder.

Bei deutsch-französischen Seminaren oder Begegnungen erwähnte ich oft diese Geschichte, um den Unterschied in den jeweiligen Landessprachen zu zeigen.

Fast immer fand anschließend eine hochphilosophische Diskussion statt. Wenn eine Person aufs Klo wollte, war nicht selten Folgendes zu hören:

«Wie ist es? Habe ich jetzt Lust oder muss ich?» oder «Eigentlich habe ich keine Lust, aber … ich muss» oder «Lust hätte ich schon, aber ich muss noch nicht wirklich». Es gab so viele Varianten.

Obwohl ich es manchmal als fast unmenschlich empfinde, habe ich heute immer noch Schwierigkeiten, aus einer Besprechung oder Versammlung herauszugehen, auch wenn ich ziemlich dringend «muss». Wahrscheinlich bin ich als Französin – was uns häufig zugeschrieben wird – doch ein «Lust»-Mensch geblieben. In diesem Fall würde ich allerdings sagen: schade!

Dies und Das

Die deutsche Vorliebe für Titel
und Diplome
Alle Jahre wieder ...
Arme deutsche Kinder?
Au-pair-Mädchen
LKW fahren?
Finanzielle Unterstützung
Körpergröße
Fußballweltmeisterschaft
Doppelpass?

Die deutsche Vorliebe für Titel und Diplome

Nach der Geburt meines Sohns blieb ich die ersten Jahre als Hausfrau und Mutter zu Hause. Ich wollte nicht nur für ihn da sein, sondern auch seine stetigen Fortschritte miterleben. Ich war viel zu neugierig, um diese wichtige Entwicklungsphase verpassen zu wollen.

Später, Ende der Neunziger, absolvierte ich eine Ausbildung als Gesundheitsberaterin und war anschließend acht Jahre lang als Ernährungsberaterin selbstständig tätig. Nachdem ich einen Vortrag im Umwelthaus in Neustadt in Holstein gehalten hatte, wurde mir angeboten, Fortbildungen für Lehrerinnen und Lehrer zu leiten. Als ich meiner Ansprechpartnerin meine Visitenkarte überreichte, fragte sie mich etwas unsicher: «Haben Sie nicht vorhin erwähnt, dass Sie Diplomsozialpädagogin sind? Warum steht das nicht auf Ihrer Karte? Deutsche mögen Diplome.»

Tatsächlich! Auf meiner damaligen Visitenkarte stand «Ernährungsberaterin» sowie «Ärztlich geprüfte Gesundheitsberaterin GGB». Mehr nicht. Als Ernährungsberaterin bräuchte ich doch nicht herauszuposaunen, dass ich überdies Sozialpädagogik studiert habe, dachte ich. Weit gefehlt, wie sich herausstellte. Dank des zusätzlichen Hinweises bekam ich in kurzer Zeit deutlich mehr Aufträge in Kindergärten und Schulen. Sobald ich mein Diplom erwähnte, wurde ich sowohl bei Vorträgen und Fortbildungen als auch bei Ernährungsberatungen ernster genommen, wenn ich neben den Ernährungsempfehlungen auch Erziehungstipps einbrachte. Schließlich hatte ich ja ein pädagogisches Studium hinter mir und besaß Fachkompetenz. Ferner fand ich es faszinierend, zu erleben, wie unterschiedlich das Publikum reagierte, je nachdem ob ich mich nur als «Ernährungsberaterin» oder als «ärztlich geprüfte Gesundheitsberaterin» vorstellte. Auch wenn es sich dabei um keine staatliche Ausbildung handelte, «ärztlich geprüft» zeigte schon Wirkung.

Ähnliches stellte ich während einer Verkaufsveranstaltung von Aloevera-Nahrungsergänzungsmitteln in Lübeck fest. Einer der Referenten betonte, er sei «zertifizierter» Ernährungsberater. Davon gebe es nur wenige in Deutschland, ergänzte er. Als ich anschließend nachfragte, wo er seine Zertifizierung erhalten habe, stellte sich heraus, dass sie ihm von der Firma überreicht worden war, bei der er tätig war. Für mich klang es alles andere als seriös. Aber wie oft wurde er danach gefragt? Wahrscheinlich eher selten.

Eine raffinierte Verkaufsmasche! Ob sie auch in Frankreich funktionieren würde? Das weiß ich nicht.

Heute noch überrascht es mich, wie meine Gesprächspartner mit mir umgehen, je nachdem ob ich mich nur als «Sozialpädagogin» oder als «Diplomsozialpädagogin» vorstelle.

Ein promovierter Freund berichtete mir, dass er seine Leserbriefe an die Zeitung, je nach Wichtigkeit, mit seinem Doktortitel oder ohne unterschreibt. Die Quote der veröffentlichen Briefe mit dem Titel, hat er festgestellt, liegt deutlich höher als die ohne. Zufall?

Als mein Exmann promovierte, änderte er seinen Personalausweis, denn er hatte plötzlich einen neuen Nachnamen: Nun stand da nämlich «Dr. XXX». Mein Bruder hat in Frankreich in Psychologie promoviert. Sein Titel steht dennoch weder in seinem Ausweis noch in seiner Mailsignatur.

In Frankreich werden ausschließlich die Mediziner mit *docteur* angesprochen. Nie habe ich meinen Arzt mit *Bonjour, Monsieur Timsitt* begrüßt und auch nicht mit *Bonjour, Monsieur Docteur Timsitt,* sondern lediglich mit *Bonjour, Docteur.* Wenn wir zum Arzt mussten, sagten wir manchmal, dass wir *chez le médecin* (zum Mediziner) gehen. In der Regel wurde eher die Formulierung *chez le docteur* (zum Doktor) benutzt. Bis ich etwas älter war, dachte ich immer, *docteur* sei ein Beruf, ein Synonym für Mediziner oder Arzt.

Zurück in Deutschland: Mein frisch promovierter Exmann erklärte mir, dass ich – falls wir nach Österreich umziehen würden – mit «Frau Doktor ...» angeredet werden würde. Es sei dort üblich, meinte er. Ich musste darüber so lachen! Ähmm ... Nein danke. Mein bescheidenes «Diplom-sozialpädagogin» reicht mir völlig. Ich brauche mich nicht mit fremden Federn zu schmücken. Mir sind außerdem Titel nicht so wichtig. Viel wichtiger finde ich, welche Menschen dahinterstehen.

Alle Jahre wieder ...

Nein, es geht in diesem Text nicht um Weihnachten. Es geht um die Zeit kurz davor. Manchmal allerdings auch kurz danach.

Ende des Jahres möchte ich mich bei den Menschen bedanken, deren Dienste ich in den letzten zwölf Monaten in Anspruch genommen habe, sprich bei den Angestellten der Müllabfuhr und bei meinem Briefträger. Und – auch wenn ich sie zum Glück nicht gebraucht habe – bei den Feuerwehrleuten.

Aber so leicht ist das nicht in Deutschland. Man muss die Menschen zum richtigen Zeitpunkt erwischen. Nicht selten ist mein zuständiger Briefträger gerade in dieser Zeit in Urlaub. Wenn ich mit einer Schachtel «Merci-Schokolade» – die ich als Französin sehr gerne als Dankeschön verschenke – und einem Geldschein bereitstehe, erscheint eine Vertretung vor meiner Tür und bringt die Post. Bei der Müllabfuhr ist es noch schwieriger. Ich weiß nicht, bei wem ich mich da melden sollte. Und die Feuerwehr? Da bin ich froh, wenn ich sie nicht sehen muss. Aber wie kann ich mich für ihre Dienstbereitschaft bedanken?

In Frankreich ist es viel einfacher! Ab Ende Oktober klingeln die Mitarbeiter der Müllabfuhr und der Feuerwehr sowie der Briefträger an der Tür und zaubern aus ihrer Tasche unzählige Wand- und Tischkalender heraus. Diese können wir gegen eine freiwillige Gabe erwerben.

Ich finde diesen Brauch großartig! Eine typische «Win-win-Situation», wie sie im Wörterbuch steht. Eine Gegebenheit, die allen Beteiligten Vorteile bietet: Die Ehrenamtlichen und Angestellten des Dienstleistungsunternehmens betteln nicht um eine Spende. Nein! Sie bieten etwas an und haben noch dazu die Möglichkeit, sich persönlich vorzustellen, falls sie noch nicht bekannt sind. Die Anwohnerinnen und Anwohner haben nicht nur die Gelegenheit, sich mit einem angemessenen großzügigen Geldbetrag und freundlichen Worten bei ihnen zu bedanken, sondern bekommen auch einen wunderschönen Kalender.

Na ja, Letzteres ist reine Geschmackssache.

Die Kalender der Feuerwehr haben oft nur ein Foto der Mannschaft vor einem blitzblanken Löschfahrzeug auf der Vorderseite. Darunter ein Blatt pro Monat zum Abreißen. Die Müllabfuhrversion ist sehr schlicht: ein auf fester Pappe gedruckter Jahreskalender mit je einem halben Jahr auf beiden Seiten. Mehr ist da nicht. Sehr übersichtlich! Über die größte Auswahl verfügen eindeutig die Briefträger. Nicht nur dass sie unterschiedliche Ausführungen von Kalendern haben, sie haben von einem Modell sogar verschiedene Motive zur Auswahl. Was für eine Freude!

Meine Mutter suchte immer Bilder mit Kindern oder Tieren aus, manchmal auch mit Landschaften. Ich sehe sie noch vor mir. Und diese Kalender gibt es immer noch, sie haben sich in den letzten Jahrzehnten kaum verändert und enthalten viele nützliche Informationen: Namenstage, Stadtpläne mit Straßenverzeichnis, Landkarten der Departements, der Regionen, von Frankreich, Europa und selbstverständlich auch eine Weltkarte. Nicht zu vergessen die Liste der Feiertage und der Sonnen- und Mondauf- und -untergänge sowie die unterschiedlichen

Flaggen aller europäischen Länder. Außerdem noch viele weitere Informationen, die ich hier nicht aufzählen möchte, denn wir sind ja nicht bei einer Werbeveranstaltung der französischen Post …

So, jetzt haben Sie eine Idee von dem, was die sehr geschätzten Dienstleister kurz vor Jahresbeginn aus ihren Taschen herausholen können, und sind bestimmt etwas neidisch geworden. Auch wenn wir jedes Jahr mehrere Exemplare dieser «wundervollen» Kalender im Schrank liegen ließen, wir waren – alle Jahre wieder – sehr froh, wenn es endlich so weit war, denn dann konnten wir uns erkenntlich zeigen.

Denn dies ist einzig und allein der Sinn dieser Aktion.

Bei der Post entscheiden die Briefträger und Briefträgerinnen selber, ob sie das Geld mit ihrer Vertretung teilen oder es lieber für sich behalten. Der Erlös der Feuerwehr und Müllabfuhr wird in der Regel für ein gemeinsames Essen oder eine Reise gesammelt.

Seit ich in Deutschland lebe, vermisse ich diesen hilfreichen Dankeschön-Vorgang so sehr, dass ich schon mehrmals überlegt habe, einen Brief an die Verantwortlichen zu schreiben. Aber ... vielleicht werden sie ja mein Buch lesen oder eine meiner Lesungen besuchen. Vielleicht werden sie es von einer Leserin oder einem Zuhörer erfahren. Vielleicht werden sie dabei feststellen, dass es eine gute neue Gepflogenheit wäre, und werden diese in den nächsten Jahren auch hier in Deutschland einführen. Ja. Vielleicht.

Arme deutsche Kinder?

Das erforderliche Vorpraktikum für mein Studium der Sozialpädagogik habe ich in einem Kindergarten bei Hannover absolviert. Als ich dort anfing, war ich sehr beeindruckt: Alles wirkte so ordentlich und sauber! Doch was mir zuerst positiv erschien, empfand ich später eher als negativ. Die Dekorationen an den Fenstern sahen erstaunlich perfekt aus. Na klar! Sie wurden nicht von Kindern, sondern von den Erzieherinnen angefertigt. Kinder können doch nicht so schön basteln. Ihre Feinmotorik ist bekanntlich noch eingeschränkt. Man kann doch nicht unästhetische

Bilder aufhängen, oder? Oder vielleicht doch?

Die Möbel sahen deshalb so glänzend aus, weil sie jeden Tag von den Praktikantinnen (!) mit Möbelpolitur abgewischt wurden. Alles musste «picobello» sein. In dieser Einrichtung war alles geregelt und systematisch geordnet. Die Malstifte wurden täglich vor Dienstschluss von uns Praktikantinnen angespitzt und mussten in spezielle flache Schachteln in einer vorgegebenen farblichen Reihenfolge einsortiert werden: Blau, Grün, Gelb, Orange, Rot, Braun, Schwarz. Wenn die Kinder malen wollten, nahmen sie eine dieser Schachteln aus dem Regal und setzten sich an den Maltisch.

Nur vier Kinder durften dort gleichzeitig zeichnen. Aber leise, bitte schön! Es gab Tische für zwei, drei und vier Kinder. Wenn mehr Kinder an den jeweiligen Tischen sitzen oder gemeinsam spielen wollten, wurde dies nicht erlaubt.

Die Möbel des Puppenhauses wurden täglich in eine Kommode zurückgeräumt. Nicht nur, dass für jeden Raum die passende Schublade reserviert war. Nein, auch innerhalb der Schublade hatte jedes Möbelstück seinen vorgesehenen Platz. Ich fand es faszinierend und erschreckend zugleich. So etwas hatte ich noch nie gesehen. «Ordnung muss sein!» war das Motto der Leiterin. Das sollten die Kinder früh lernen.

«Oje, arme deutsche Kinder!», dachte ich, «in welcher sterilen und künstlichen Welt werden sie erzogen?»

Zum Glück war diese Kindereinrichtung scheinbar eine Ausnahme. Dies durfte ich einige Monate später erleichtert feststellen. Für die Arbeiterwohlfahrt Hannover begleitete ich als Dolmetscherin eine Fortbildung für Erzieherinnen aus Tunesien und Deutschland.

Eine Woche lang hatten wir die Möglichkeit, mehrere Kindertagesstätten zu besichtigen. Welch ein Unterschied! Ich konnte es kaum glauben. Die Stimmung war dort

ganz anders: Es wurde so viel gelacht. Und gesprochen statt geflüs-
tert! Tische und Stühle wurden nach
Bedarf verschoben. Es war so leben-
dig! Und so bunt an den Fenstern!
Für mich war es ein Unterschied wie
Tag und Nacht. Es tat so gut, diese
fröhlichen Kinder zu erleben. Ich
konnte endlich aufatmen: Es gibt
offensichtlich nicht nur eine, sondern
ganz viele kindgerechte Einrichtungen in Deutschland. Und nicht nur
arme deutsche Kinder.
Wie beruhigend!

Au-pair-Mädchen

Nein, ich bin nicht als Au-pair-Mädchen nach Deutschland gekommen und anschließend hier geblieben. Nein, auch wenn viele Leute vermuten, dass ich auf diesem Weg nach Deutschland gekommen bin, muss ich mit dieser romantischen Vorstellung leider aufräumen.

Mit Au-pair-Mädchen hatte ich dennoch zu tun: Als unser Sohn Felix circa ein Jahr alt war, bekam ich einen Hexenschuss und hatte so starke Rückenschmerzen, dass wir uns entschieden, ein Au-pair-Mädchen aufzunehmen.

Unsere Wahl fiel auf eine junge Frau aus Polen. Ihre Bewerbungsunterlagen machten einen sehr guten Eindruck. Sehr überrascht war ich deshalb, als ich von Nachbarn vermehrt gefragt wurde, ob wir uns «das» wirklich antun wollten. Ob wir keine Angst hätten? So erfuhr ich, dass Menschen aus Polen in Deutschland oftmals mit Diebstahl in Verbindung gebracht werden. Es wurde uns empfohlen, unsere Wertsachen gut zu verstecken oder gar wegzuschließen.

Ich bin sehr froh, dass wir dieser Angstmacherei nicht gefolgt sind. Mirella war ein richtiger Glückstreffer! Sie war zwar jung, aber sehr motiviert. Nach anfänglichen Schwierigkeiten, für die sprachliche Missverständnisse der Grund waren, klappte es wunderbar. Unser Sohn schloss Mirella sehr schnell in sein Herz, und andersrum war es nicht anders. Während ich im Bett liegen musste, hörte ich die beiden spielen und lachen. Es tat so gut! Ich konnte ganz entspannt genesen.

In den ersten Wochen war unsere Kommunikation etwas begrenzt. Sie beschränkte sich nämlich auf ... Laute! Wenn ich beim Essen wissen wollte, ob Mirella durstig war, beugte ich mich mit einem Krug Wasser in ihre Richtung und fragte: «Hm hm?»

Sie antwortete: «Hm hm!»

Dann sagte ich: «Ah!», und schenkte ihr Wasser ein. Wir konnten uns wunderbar verständigen. Durch unsere unterschiedlichen Betonungen wurden wir in der «Lautsprache» zu wahren Expertinnen.

So ging es weiter, bis mir irgendwann klar wurde: Wenn wir in der Zukunft weiterhin so kommunizierten, würde Mirella nie Deutsch lernen. So fing ich an, mich «normal» mit ihr zu unterhalten. Ab und an fielen wir erneut in unser prähistorisches Verständigungsmuster. Wenn wir es merkten, lachten wir einfach.

Es war so unkompliziert! Mirella war sehr begabt und interessiert, ging regelmäßig zum Sprachkurs und traf sich in ihrer Freizeit mit anderen Leuten. Ihre Sprachkenntnisse verbesserten sich zusehends, nach einigen Monaten war ihr Deutsch sogar viel besser als meins.

Wir waren sehr zufrieden mit Mirella. Nur Kochen gehörte noch nicht zu ihren Stärken. Eines Tages bat ich sie, Nudeln mit Tomatensoße zuzubereiten. Sie meinte, das sei kein Problem. Wunderbar, dachte ich und ließ sie allein in der Küche. Leider kannte sie sich noch nicht so gut mit Gewürzen aus. Sie nahm von JEDER Dose etwas. Nicht nur Basilikum und Oregano, sondern auch Cayennepfeffer, Paprika und Chili. Entsprechend scharf wurde die Soße! Verdünnen brachte da auch nichts. Aber wie gesagt ... ansonsten waren wir sehr zufrieden mit ihr. Und Fehler sind auch da, um aus ihnen zu lernen. Mirella wurde später etwas vorsichtiger beim Würzen.

Ich möchte übrigens noch betonen, dass wir nach ihrem Abschied nichts im Haushalt oder wo auch immer vermisst haben.

Unser zweites Au-pair-Mädchen kam aus Lettland. Ich habe vergessen, wie sie hieß, denn uns blieb sie als «Miss Katastrophe» in Erinnerung. Sie war äußerst freundlich und hilfsbereit, leider aber mit ihren Gedanken nicht ganz bei der Sache, sondern in einer künstlerischen Welt. Sie konnte zum Beispiel die Waschmaschine einschalten, ohne vorher die Wäsche in die Trommel zu legen. Eines Tages stellten wir morgens fest, dass sie am vorigen Abend – bevor sie zu ihrem Freund gefahren war – gebügelt und dabei vergessen hatte, das Bügeleisen auszuschalten. Zum Glück stand dieses kippsicher auf dem Bügelbrett. Mehrmals mussten wir sie ermahnen, ihre Medikamente oder das große Küchenmesser nicht auf dem Tisch – und somit für unseren Sohn leicht erreichbar – liegen zu lassen. Ihr Freund argumentierte, Kinder sollten schlechte Erfahrungen sammeln, um daraus zu lernen und sich weiterzuentwickeln. Ich war theoretisch derselben Meinung. Nur, es gibt «schlechte» und «lebensgefährliche» Erfahrungen. Von tödlichen Erfahrungen kann man nicht so viel lernen. Eine davon reicht, und das war's dann.

Nach drei Monaten überlegten mein Exmann und ich, ob es möglich wäre, einem Au-pair-Mädchen zu kündigen. Da kam sie uns zuvor. Sie teilte uns mit, dass sie und ihr Freund so verliebt ineinander seien, dass sie bei ihm einziehen wolle.

«Wie schade!», sagten wir.

Uff! Glück gehabt, dachten wir.

Danach hatten wir keine Lust mehr auf Au-pair-Mädchen. Wir nahmen die Dienste einer liebevollen und kompetenten Tagesmutter in Anspruch.

LKW fahren?

Ein Jahr nach meinem Umzug nach Deutschland musste ich einen deutschen Führerschein beantragen. Als ich ihn bekam, stellte ich überrascht fest, dass ich durch die Umschreibung nun Besitzerin eines wertvolleren Führerscheins geworden war. Denn ich hatte überraschenderweise – dank der damaligen Unterschiede in der deutschen und französischen Gesetzgebung – eine Fahrerlaubnis für alle Fahrzeugklassen bekommen. Ja, für alle! Klasse 1, 2, 3, 4, und 5 und dazu den Personenbeförderungsschein.

Wenn ich bei einer Polizeikontrolle

meinen Führerschein vorzeige, ernte ich heute noch überraschte Blicke, manchmal sogar Bemerkungen wie: «Haben Sie wirklich alle Führerscheine?» oder «So eine kleine Frau mit so vielen Führerscheinen!». Ich verstehe, dass die Beamten etwas irritiert sind, denn ich konnte es damals selber kaum glauben.

Dabei hatte alles seine Richtigkeit: 1985 durfte ich in Frankreich als Besitzerin eines Autoführerscheins auch Motorräder bis 125 cm^3 fahren.

In Deutschland handelte es sich schon damals um zwei unterschiedliche Führerscheine: Mit der «Klasse 3» durfte Auto, mit der «Klasse 1» Motorrad gefahren werden. Wer

einen Motorradführerschein vorweisen konnte, durfte alle Arten von
Motorrädern fahren. Deshalb darf
ich sowohl kleine als auch große
Motorräder fahren. Bisher habe ich
von dieser Erlaubnis noch nie
Gebrauch gemacht, obwohl ich mir
vor einigen Jahren fast ein Motorrad
gekauft hätte.

Da ich überdies in Frankreich den
Busführerschein gemacht hatte,
durfte ich in meinem Heimatland
LKWs bis zu 19 Tonnen fahren. So
wie bei den Motorrädern durften
damals deutsche Besitzer eines
LKW-Führerscheins nicht nur kleine,
sondern auch größere Lastwagen
fahren. Dies galt nun auch für mich.
Unglaublich!

Als ich kurze Zeit später mit meinem Freund auf der Autobahn fuhr, zeigte ich ihm einen Laster und erkundigte mich: «Kann ich auch so einen LKW fahren?»

«Ja.», bestätigte er.

Einige Kilometer weiter wies ich auf einen größeren Lastwagen. «Auch so einen?»

«Ja», wiederholte er.

Dann fuhren wir an einem riesigen Exemplar vorbei. Etwas unsicher fragte ich: «Meinst Du wirklich, ich kann auch so einen großen LKW fahren?»

Seine Antwort war eindeutig: «Ob Du es kannst, weiß ich nicht, aber ... Du darfst.»

Finanzielle Unterstützung

Immer wieder ist zu hören, dass Ausländer die Sozialleistungen des deutschen Staats ausnutzen. Doch obwohl ich selber Ausländerin bin, schaffe ich das nicht. Ja, ich habe schon mehrmals – ich gebe es zu – den Versuch gestartet. Aber irgendwas muss ich da falsch machen …

Als ich nach Deutschland kam und mein Studium begann, empfahlen mir Bekannte, BAföG oder ein Stipendium zu beantragen. Es klang relativ einfach. Leider nicht für mich. Ich hatte nämlich keinen Anspruch darauf. Ich traf immer knapp daneben. Wenn es eine finanzielle Un-

terstützungsmöglichkeit für Sozial-
pädagoginnen gab, dann nicht für
welche aus EU-Ländern. Wenn für
EU-Länder, dann aber für andere
Fachrichtungen oder ein anderes Al-
ter oder oder oder ... Ich weiß nicht
mehr genau, wie die jeweiligen Ab-
lehnungen damals begründet wurden. Ich weiß nur noch, dass ich Absage auf Absage bekam.

Na gut. Ich habe es – dank Neben-
jobs – hinbekommen, mein Studium
zu finanzieren. Es war oft sehr anstrengend, aber machbar.

Als mein Sohn größer wurde, absolvierte ich eine selbst finanzierte
Ausbildung zur Gesundheitsberaterin
und machte mich anschließend

selbstständig. Ich nahm an einem (doch, doch, vom Arbeitsamt bezuschussten) Existenzgründungsseminar teil. Dort bekam ich viele wertvolle Tipps. Leider erfuhr ich gleichzeitig, dass ich im Gegensatz zu den anderen Teilnehmenden keinen Anspruch auf Überbrückungsgeld hatte (weil ich meine Firma schon angemeldet hatte) und auch keine Ich-AG gründen konnte (weil … ich habe vergessen warum). Na gut. Auch in diesem Fall habe ich es geschafft. Ich erarbeitete mir ziemlich schnell einen guten Ruf und konnte – inzwischen als geschiedene und alleinerziehende Frau – mit meinem Sohn ziemlich gut leben. Natürlich mit finanziellen Höhen und Tiefen. Das kennen alle, die selbstständig tätig sind. Aber es ging. Es war eine schöne Zeit, an die ich immer noch gerne denke.

Nach acht zwar sehr geschätzten, aber auch anstrengenden Jahren als Selbstständige sehnte ich mich nach etwas mehr Ruhe sowie einem regelmäßigen Einkommen und nahm wieder eine feste Anstellung als Sozialpädagogin an. Nach kurzer Zeit überlegte ich, etwas für meine Rente zu tun, und wollte, genau wie meine Kollegen und Kolleginnen, für die staatlich bezuschusste Riester-Rente einzahlen. Leider ging das nicht, denn diese ist nur Deutschen vorbehalten. Kam mir irgendwie bekannt vor. Na ja. Auch in diesem Fall habe ich etwas anderes gefunden. Im Nachhinein kann ich vielleicht sogar dankbar dafür sein, denn es wird nicht nur Gutes über die Riester-Rente berichtet.

Als ich später zwischen zwei festen Anstellungen auf Arbeitsuche war, hatte ich selbstverständlich weniger Geld zur Verfügung. Ob ich eventuell Wohngeld bekommen könnte? Meine Freunde ermutigten mich, trotz meiner Skepsis einen Antrag zu stellen. Bestimmt ahnen Sie es schon und haben ... Recht: Mit meinen Einnahmen lag ich ganz knapp über der Grenze und hatte tatsächlich auch auf diese finanzielle Unterstützung keinen Anspruch.

Was kommt als Nächstes? Da bin ich gespannt! Aber auch ziemlich gelassen. Ich werde sicherlich auch da einen Weg finden.

Körpergröße

In Frankreich gehörte ich 1984 mit 1,65 Meter Körpergröße zu den durchschnittlich großen Frauen. Als Französin war ich also weder klein noch groß, sondern «normal». Aber das änderte sich, als ich nach Deutschland kam. Schnell stellte ich fest, dass die Menschen um mich herum deutlich größer als ich waren und ich von meinen Bekannten oft als «klein» bezeichnet wurde.

Eines Tages – es war noch während meiner Studienzeit, und ich wohnte in einer Wohngemeinschaft – erwarteten wir viele Gäste. Da sagte eine Mitbewohnerin: «Da Martine sehr klein ist, kann sie auf dem Sofa schlafen.» Bei der Herabstufung von «normal» auf «klein» hatte ich schon schlucken müssen. Gerade hatte ich angefangen, mich an die neue Bezeichnung zu gewöhnen. Aber «sehr klein»? Nein, das war ich wirklich nicht. Das ging eindeutig zu weit. Zum Glück für meine angeschlagene Eitelkeit wurde ich nur dieses eine Mal so genannt.

In meinen ersten Jahren in Deutschland schummelte ich ab und zu, wenn nach meiner Körpergröße gefragt wurde. «1,66 Meter», gab ich an, wenn ich nach meiner Größe gefragt wurde. Als würde ein Zentimeter mehr etwas bringen! Irgendwann stand ich jedoch zu meiner Körpergröße und füllte die Formulare wahrheitsgemäß aus.

Wenn ich heute an Fortbildungen oder Seminaren teilnehme, erlebe ich immer wieder Folgendes: Leute, die mich sitzend kennengelernt haben, sind etwas überrascht, wenn ich aufstehe. «Oh! Ich dachte, Sie wären größer.», bekomme ich dann zu hören. Ich habe mich daran gewöhnt und kann sogar darüber schmunzeln. Ja, kurze Beine und langer Oberkörper und noch dazu sitze ich mit ziemlich geradem Rücken. Das kann täuschen. Im Deutschen gibt es sogar ein Wort dafür: «Sitzriese».

Zwei Jahre lang habe ich in einem Haus gewohnt, das anscheinend für echte Riesen gebaut worden war. Bestimmt für noch größere als die Durchschnittsdeutschen. Es war nicht besonders leicht für mich! Wenn ich etwas aus dem Küchenschrank nehmen wollte, musste ich einen Hocker benutzen. Im Bad sah es fast wie ein akrobatisches Kunststück aus, wenn ich meine Füße im Waschbecken waschen wollte. Irgendwann haben wir einen größeren Spiegel darüber angebracht, sodass ich nicht nur meine Stirn, sondern auch meinen Hals begutachten konnte. Am schlimmsten war es aber am Esstisch: Die Küchenstühle waren sehr schön, leider etwas höher als üblich. Wenn ich darauf saß, reichten meine Füße nicht bis zum Boden: nicht sehr gemütlich! Da ich nach langem Sitzen Rückenschmerzen bekam, machte mein Freund den Vorschlag, ein Kissen auf den Boden zu legen, damit meine Füße endlich Bodenkontakt hätten. Erst nach etlichen Wochen mit wiederkehrenden Rückenbeschwerden überwand ich meinen falschen Stolz und willigte doch ein. Es sah zwar blöd aus, aber wenigstens saß ich bequem!

Bei Autofahrten gehe ich als Kleine bei Bedarf schon freiwillig nach hinten und sogar in die Mitte, weil ich ja so gut reinpasse. Aber das ist doch selbstverständlich! Das mache ich gerne!

Seit einigen Jahren bin ich ab und zu mit einer Wandergruppe unterwegs. Wir treffen uns immer am selben Ort und bilden von dort aus Fahrgemeinschaften bis zum Ausgangspunkt der Wanderung. Was sagte die Fahrerin neulich? «Martine, da Du groß bist, sitz mal lieber vorne.» Wie bitte? Ich? Groß? Ich musste mich verhört haben. Nein, das tat ich nicht. Denn … Tatsächlich waren die zwei anderen Damen nur 1,61 Meter und 1,63 Meter groß und damit ein-deu-tig kleiner als ich.

Tja! Groß oder klein?
Alles ist relativ. Jetzt weiß ich: Egal, ob in Frankreich oder in Deutsch-

land, ich bin weder groß noch klein.
Ich bin in Ordnung so, wie ich bin!

Fußballweltmeisterschaft

Bei der Fußballweltmeisterschaft 1982 gewann Deutschland das Halbfinale gegen Frankreich. Damals arbeitete ich als *volunteer* in einem Kibbuz in Israel und lernte meinen Exmann – einen Deutschen – kennen. Am Abend des Halbfinalspiels gingen wir spazieren, statt fernzusehen und hatten deshalb keine Ahnung, was bei der WM geschah.

Am nächsten Tag wurde es lustig: Wenn wir Leute trafen, war das Begrüßungsritual fast immer identisch: Ich wurde zuerst mit den Worten «Die Franzosen haben wirklich gut gespielt ...» begrüßt.

Anschließend drehten sie sich zu meinem Freund um mit der Ergänzung «... aber die Deutschen waren besser!» Einige versuchten, mich zu trösten. Uns war aber an diesem Tag Fußball so was von egal! Wir waren verliebt und hatten ganz andere Interessen.

Jahre später hörte ich eine Kommilitonin erzählen, wie sie dieses Spiel erlebt hatte: Sie machte damals mit einer Freundin Urlaub in Frankreich und sie sahen das Spiel in einem Café – als einzige Deutsche. Rund herum nur Franzosen. Als die deutsche Mannschaft das erste Tor schoss, sagten sie ganz leise: «Oh! Tor!» Mehr trauten sie sich nicht.

Immer wieder muss ich an diese Geschichte denken und erzähle sie gern. Ich kann mir so gut vorstellen, wie sie ganz schüchtern dasaßen ...

Über 30 Jahre später ...
Am 4. Juli 2014 standen sich bei der Weltmeisterschaft in Brasilien wieder Deutschland und Frankreich im Viertelfinale gegenüber. An diesem Wochenende bekam ich Besuch von meiner Schwester. Ich holte sie am Freitagmorgen vom Hamburger Flughafen ab, und abends schauten wir uns das Spiel bei einem Public Viewing in einem kleinen Dorf an der Ostsee an. Diesmal saßen wir beiden Französinnen mitten in einem deutschen Publikum.

Meiner Schwester hatte ich die Anekdote der beiden deutschen Frauen schon erzählt. Diesmal verlief es eindeutig anders, denn so schüchtern und ängstlich brauchten wir gar nicht zu sein: Unsere Sitznachbarn hatten sehr schnell registriert, dass wir der gegnerischen Seite angehörten, weil meine Schwester, jede Person, an der sie vorbeikam, mit einem *bonjour* begrüßte.

Sie nahmen es allerdings mit Humor, waren ganz friedlich und scherzten sogar mit uns.

Als die Nationalhymnen gespielt wurden, sangen meine Schwester und ich die Marseillaise laut mit. Unglaublich! Ich weiß nicht, wann ich sie zum letzten Mal gesungen habe, aber in diesem Moment fühlte es sich stimmig an. Und hat richtig Spaß gemacht!

Als das Spiel begann, winkten uns der Mann und seine Frau neben uns zu. Wir wünschten uns gegenseitig Glück. Der Mann meinte, wir hätten kaum Chancen. Na ja! Schauen wir mal ...

Für mich war die Situation viel einfacher als für meine Schwester, denn ich konnte nur gewinnen: Einerseits war ich als Französin selbstverständlich für meine Landsleute, anderseits eher für das deutsche Team, da ich seit der WM 2006 in Deutschland durch die Medien eine engere «Beziehung» zu Schweini & Co. hatte.

Von den französischen Spielern kannte ich nicht einmal die Namen. Das hatte ich meiner Schwester schon im Voraus erklärt, damit sie vorbereitet war, sollte ich mit der «falschen» Mannschaft mitfiebern.

Bei Fouls betrachteten meine Schwester und ich die Szenen ab und zu aus unterschiedlichen Blickwinkeln: Ob der Spieler wirklich geschubst wurde, oder sich absichtlich hat fallen lassen? Nicht immer waren wir der gleichen Meinung. Na? Ein kleiner deutsch-französischer Streit innerhalb der Familie? Neiein! So weit ging es zum Glück nicht. Deutschland gewann das Spiel 1:0. Verdient. Wir waren jedoch alle der Meinung, 2:1 hätte dem Spielverlauf besser entsprochen, denn beide Mannschaften waren sehr offensiv und es gab viele Torschüsse. Leider trafen *Les Bleus* kein einziges Mal das Tor, sodass wir Französinnen keine Gelegenheit hatten, «*Buuut!!!*» zu rufen. Wie schade! Das hätten wir so gerne gemacht!

Ein paar Tage später – meine Schwester war mittlerweile wieder in Frankreich – fand das «historische» Finale statt, bei dem Deutschland gegen Argentinien zum vierten Mal Weltmeister wurde. Und ... was mailte mir meine Schwester ein paar Minuten nach Spielende? «*BRAVO, l'Allemagne, vous avez la quatrième étoile.*» Auf Deutsch: «BRAVO,

Deutschland, Ihr habt den vierten Stern.» Ihr? Ja! Auch für meine Schwester ist es inzwischen klar, dass ich ganz schön deutsch geworden bin.

Doppelpass?

In den Neunzigerjahren – damals wohnte ich seit fast zehn Jahren in Deutschland, war fertig mit meinem Studium, trat ins Berufsleben ein und wollte eine Familie gründen – spielte ich zum ersten Mal mit dem Gedanken, einen Doppelpass zu besitzen. Aber es war damals nicht möglich: Ich hätte zwar die deutsche Staatsbürgerschaft beantragen können, dafür aber meine französische aufgeben müssen. Dies kam für mich nicht infrage.

Irgendwann später wohnte und arbeitete ich schon lange hier in

Deutschland, sogar schon länger, als ich in Frankreich gelebt hatte. Ich zahlte Einkommensteuer und wünschte mir ein Stimmrecht bei den Wahlen, um mitentscheiden zu können, wofür diese Steuern ausgegeben werden. Deshalb erkundigte ich mich erneut: Der Besitz eines Doppelpasses war inzwischen tatsächlich erlaubt. Um die deutsche Staatsangehörigkeit zu erhalten, sollte ich unter anderem erfolgreich an einem Einbürgerungstest teilnehmen, um «Kenntnisse der Rechts- und Gesellschaftsordnung und der Lebensverhältnisse in Deutschland» nachzuweisen. Ich fand es unfair: Viele Deutsche sind nicht mal in der Lage, die Testfragen

zu beantworten, aber von uns Ausländern wird es verlangt. Nein! Da
mache ich nicht mit, dachte ich.
Unter solchen Bedingungen konnte
ich mich doch nicht einbürgern
lassen.

Vor einigen Monaten wollte ich wieder mitwählen dürfen und nahm
wieder Kontakt zur Ausländerbe-
hörde auf. Der Mitarbeiter erkundigte sich am Telefon nach meinem
Lebenslauf und teilte mir mit, dass
ich doch keinen Einbürgerungstest
nötig hätte, denn als Diplomsozialpädagogin verfügte ich dank meines
deutschen Studiums über genug
«staatsbürgerliche Kenntnisse». Was
für eine willkommene Nachricht! Ich

ließ mir die Antragsformulare zu-schicken und füllte sie aus. Ich freute mich sehr: Bald würde ich endlich eine deutsch-französische Doppel-staaterin sein. Dem stünde also nichts mehr im Weg. Na ja, fast nichts. Denn für Antrag, Test und Personalausweis hätte ich insge-samt fast 300 Euro bezahlen müs-sen. Och nee! Das war und ist mir wirklich zu viel. Dann bleibe ich halt nur Französin.

Als ich dies nach einer Lesung er-zählte, schlug mir ein Bekannter vor, bei den nächsten Lesungen ein Ge-fäß aufzustellen und das Publikum um Spenden zu bitten. Ob ich das tatsächlich irgendwann machen werde, bezweifle ich, aber der Gedanke, als Französin einen Doppelpass von meinem deutschen Publikum geschenkt zu bekommen, hat schon was, oder?

Schlusswort:
Deutsche oder Französin?

Immer wieder werde ich gefragt, ob ich mich mehr als Französin oder als Deutsche fühle. Als überzeugte Europäerin denke ich, eigentlich ist es einerlei, merke allerdings, dass die Frage mich weiter beschäftigt: Was bin ich denn für eine «Landsfrau»? Bin ich schon Deutsche oder noch Französin? Mein Deutsch ist zwar nicht perfekt, dennoch kann ich mich inzwischen leichter, exakter und differenzierter auf Deutsch ausdrücken als in meiner Muttersprache. Als ich anfing, meine Anekdoten aufzuschreiben, merkte ich, wie wohl ich mich hier in Deutschland fühle. Gleichzeitig stellte ich überraschend fest, wie französisch ich doch geblieben bin.

Das wollte ich mir genauer anschauen. Ich nahm ein Blatt Papier und zog einen senkrechten Strich. In eine Spalte trug ich meine Eigenschaften, die ich als typisch französisch bezeichnen würde, ein. In der anderen die deutschen. Die Liste wurde zwei Seiten lang. Dabei bediente ich natürlich alle Vorurteile. Hier ein paar Beispiele:

Als Französin esse ich langsam und trinke stilles Wasser. Ich stippe gerne Brot in meinen Milchkaffee, esse Pommes am liebsten mit den Fingern und mag keinen Zucker in Senf oder Mayonnaise. *Voilà, bon* und *attends* schleichen sich immer noch in meine Sätze, und ich rede weiterhin mit Händen und Füßen. In Formulare trage ich Nachnamen in Großbuchstaben ein, und wenn weder Autos noch Kinder in der Nähe sind, gehe ich bei Rot über die Straße.

Als Deutsche fühle ich mich dagegen, wenn ich beim Frühstücken ein Brett oder einen Teller brauche. Gerne schaue ich «Tatort» am Sonntagabend, lebe ziemlich umweltfreundlich und habe schon als Vorstandsmitglied einen Verein gegründet. Fragezeichen, Uhrzeit und das große «Z» schreibe ich wie die Deutschen. In Frankreich vermisse ich die deutschen Cafés und Kneipen sehr. Außerdem bereite ich immer wieder mal Nudelsalat zu und ertappe mich manchmal dabei, einen Platz (nicht mit einem Handtuch, aber mit Jacke oder Schal) zu reservieren.

Meine Meinungen zu pädagogischen, psychologischen und politischen Themen bezeichne ich weder als deutsch noch als französisch, sondern als die meinen. Ansonsten scheine ich eine gute deutsch-französische Mischung geworden zu sein, denn ich kann sowohl über dies und das reden als auch über ernste Themen diskutieren. Ich war schon in Frankreich pünktlich und zuverlässig und bin auch in Deutschland ziemlich locker geblieben. Ich mag immer noch kein Bier, trinke aber sehr gerne Weinschorle. Ich merke mir nie, wie viele Quadratmeter meine Wohnung hat, frage aber schon seit einiger Zeit nach der Wohnungsgröße, wenn Bekannte umziehen.

Nun aber Schluss mit den Klischees. Wie würde ich also DIE Frage beantworten?
Für mich ist es klar, dass ich Französin bin: Ich brauche nur zwei Sätze zu sagen, und die Leute wissen sofort, dass ich aus Frankreich komme, wo ich die ersten 24 Jahre meines Lebens gelebt habe. Von den insgesamt 33 Jahren in Deutschland habe ich nur drei in der Nähe von Stuttgart gewohnt. Die restliche Zeit, vor

und nach meinem Aufenthalt im Schwabenland, habe ich in Niedersachsen, Hamburg und Schleswig-Holstein verbracht. Ich fühle mich seit 17 Jahren sehr wohl hier oben in der schönen Holsteinischen Schweiz und liebe das Wort «Moin». Deshalb würde ich – auch ohne Doppelpass – sagen: «Ja! Ich bin eine Französin, aber ... eine norddeutsche Französin!»

Bonjour Deutschland!

Danksagung

Ohne bestimmte Menschen würden manche Projekte nicht zustande kommen. Dies gilt auch für dieses Buch. Ich freue mich, hier die Möglichkeit zu haben, diese für mich wertvollen Personen zu erwähnen:

Zuerst möchte ich mich bei Sebastian Schnoy bedanken, der mir mit seinem Buch «Heimat ist, was man vermisst» den Startimpuls gegeben hat. Schön, Dich kennengelernt zu haben, und danke für Deine hilfreichen Mails an die Anfängerin, die ich war.

Ich danke auch den neun Frauen, die während einer Kur in der Sächsischen Schweiz bereit waren, sich als Publikum für meine erste Lesung zur Verfügung zu stellen, und mich angespornt haben, weiterzuschreiben.

Vielen Dank dem Publikum meiner weiteren Lesungen, für die passenden Reaktionen *bei* und positiven Rückmeldungen *nach* meinen Auftritten. Diese waren Anreiz für mich, weitere Geschichten zu verfassen.

Ein Dank an meine Freundinnen und Freunde für manche Korrekturen und vor allem fürs geduldige Zuhören, wenn ich wieder mal voller Begeisterung von meinen neuen Textideen oder der Entwicklung dieses Buchs berichtete. Also danke, liebe Monika, Cheesy, Karin, Sylvia, Andreas, Marion, Ralph, Uta, Dieter, Sabine und Petra.

Danke, Frau Wagner, für Ihre Aufmunterungsarbeit, als ich mich an einem Tiefpunkt befand, und danke, Frau Naumann-Bashayan, für Ihre Kompetenz und ansteckende gute Laune.

Vielen Dank an die liebe Bookcrossing-Gemeinschaft, für die stete Hilfestellung, wenn ich neue Fragen hatte.

Merci, liebe P'tite Mère und P'tite Sœur, dass Ihr an mich geglaubt und mich unterstützt habt.

Ein besonderer Dank an Dich, lieber Felix: Du warst nicht nur bei meiner ersten öffentlichen Lesung anwesend und hast Dich für mich und mit mir gefreut. Du warst noch dazu einverstanden, dass ich damals die Anekdote über Dich vortrage und sie nun auch den Leserinnen und Lesern dieses Buchs nicht vorenthalte.

Vielen Dank an Euch, Holger B., Sybille Benedict-Rux und Heike Rogg, für die engagierte Korrektur, und an Dich, liebe Ulrike Frühwald, für Deine so wertschätzende Art bei Deiner professionellen Lektoratsarbeit.

Ich danke Dir, liebe Uta Fleischer, für das lustige Fotoshooting.

Vielen Dank, lieber Claus Beese, für Deine großartige kollegiale Unterstützung und Deine wertvollen Empfehlungen.

Ich danke Ihnen, liebe Frau Bär vom Elvea Verlag, für Ihre Kreativität, Ihre offene, humorvolle sowie geduldige Art, für die sehr angenehme Zusammenarbeit und das wunderschöne Buchcover.

Ein herzlicher Dank an Uwe Köhl für die Berücksichtigung meiner besonderen Wünsche beim Layout.

Und zuletzt danke ich allen Menschen, die ich in den vielen Jahren in Deutschland kennenlernen oder treffen durfte. Egal, ob es sich dabei um positive oder negative Begegnungen handelte. Ohne Sie und Euch hätte ich meine Anekdoten nicht schreiben können, und es würde dieses Buch nicht geben. Also, schön, dass es Euch und Sie in meinem Leben gab oder gibt.

Nach Hause kommen

Weihnachtsgeschichten

ELVEA

ISBN-13: 978-3-961118-01-4

Mit Texten von Martine Lestrat und 17 weiteren Autorinnen und Autoren

Geschichten
aus dem Leben

herausgegeben
von
Claus Beese

ISBN: 978-3-746730-70-7
Mit Texten von Martine Lestrat und 11 weiteren Autorinnen
und Autoren

Interview beim Freien Radio Neumünster im Rahmen der
Sendung KULTURfenster – Klangvolles & Textreiches vom
26. März 2019 mit Ulrike Göking und Siegbert Schwab
Quelle: Freies Radio Neumünster
Internet: **www.freiesradio-nms.de**